Gabriele Grausgruber
STALLBLUT

D1664288

Gabriele Grausgruber

Verlag Innsalz, Munderfing 2023
Gesamtherstellung & Druck:
Aumayer Druck + Verlag Ges.m.b.H. & Co KG, Munderfing
Printed in The European Union

Coverfoto und Autorenfotos: Gabriele Grausgruber

Alle Rechte für die Vervielfältigung dieser Texte und Fotografien liegen bei
den Autorinnen/Künstlerinnen und dürfen nur mit Einwilligung dieser
anderweitig verwendet werden.

ISBN: 978-3-903321-16-8
www.innsalz.eu

Gabriele Grausgruber

STALLBLUT

STALLBLUT

PERSONENREGISTER:

Moosberger Karl sen.	Bauer vom Sprenglerhof / Mordopfer
Moosberger Notburga	Frau von Karl sen.
Moosberger Karl jun.	Älterer Sohn
Moosberger Franz	Jüngerer Sohn
Moosberger Sabine	Tochter
Max	Freund von Sabine
Körner Alois	Lediger Sohn von Moosberger Karl sen., Drogendealer
Körner Katharina	Mutter von Alois
Olaf + Sven	Mitarbeiter von Alois
Dagmar	Freundin von Alois und Prostituierte
Dobler Herbert	Nachbar von Moosberger Karl
Dobler Elisabeth	Dessen Frau
Gerber Anton	Gruppen-Inspektor in Tutzenbach
Weilheim Rosa	Assistentin von Gerber
Jörg, Philipp	Kollegen von Gerber
Norbert	Ehem. Kollege von Gerber im LKA
Herber Robert, Gimpl Walter, Brenner Stefan	Spurensicherung
Teichmann Rudi, Dr.	Rechtsanwalt von Alois

Kleber Jens	Fälscher
Schneeberger Hubert	„Hubschnee" Junky
Cornelia	Frau vom Bürgermeister und Freundin von Dobler Elisabeth
Margarethe	Friseurin und Freundin von Elisabeth
Erna	Direktorin der Volksschule und Freundin von Elisabeth
Höller Lydia	Inhaberin des örtl. Lebensmittelge- schäftes und Freundin von Elisabeth
Suzanna	Geliebte von Dobler Herbert
Berger Josef	Mesner von Tutzenbach
Weidinger	Zollinspektor
Dr. Ortner	Anwalt von Herbert Dobler

GSTANZL

Magst was hearn und was sehgn,
Hast es am Land wirkli sche.

Machst da echt a gmüatlichs Lebm
Und kannst oiwei aussi geh.

Holladiridio, Holladrio
Holladiridio, was sagst denn da!

KAPITEL 1
Donnerstag, 4.Juni, 23:50 Uhr

Kurz vor Mitternacht schreckte Elisabeth plötzlich aus dem Schlaf hoch. Hatte etwas gekracht? War das ein Schrei oder ein Plumps? Oder hatte sie nur schlecht geträumt? Mit klopfendem Herzen setzte sie sich auf und lauschte in die dunkle Nacht hinaus. Sie stellte fest, dass das Bett neben ihr leer war. Herbert war noch immer nicht zu Hause. Der Termin war doch schon zu Mittag gewesen und er wollte eigentlich am Abend wieder zurückkommen. Es dürfte doch wieder länger geworden sein, stellte sie stirnrunzelnd fest. Und selbst dann, wenn er da gewesen wäre, hätte er nichts gehört. Man könnte sie wahrscheinlich entführen oder auch anders mundtot machen, was ihm vielleicht manchmal nicht unlieb wäre, er würde nichts merken und selig vor sich hin schnarchen. „Na ja", entfuhr es ihr, leise seufzend, in die Stille der Dunkelheit. Da Elisabeth draußen keine weiteren Geräusche mehr vernahm, beruhigte sie sich wieder, war aber schon so wach, dass sie beschloss, auf die Toilette zu gehen und sich ein Glas Wasser aus der Küche zu holen. Sie warf die Bettdecke zurück, schlüpfte in ihre Hauspantoffeln und ging zur Tür. Elisabeth lief im Dunkeln durch den Gang und stieß gegen etwas. Sie bückte sich. Herberts Pantoffeln. Arrrrg! Konnte er seine Sachen denn nie aufräumen. Bis sie wieder darüber stolperte und sich Schrammen und blaue Flecken zuzog. Nachdem sie, durch den Gang und über die Treppe schlurfend, unten angekommen war, ging sie nach der Toilette in die Küche. Sie schob den Vorhang leicht zur Seite und blinzelte in die Dunkelheit. Es war nichts Verdächtiges zu erkennen. Ehe sie wieder zu Bett ging, öffnete sie die Kühlschranktür und nahm einen Schluck Mineralwasser, nebenbei wanderte auch noch ein Bissen Käse in ihren Mund. Auf dem Weg nach oben ins Schlafzimmer, glaubte sie wieder etwas zu hören .... ein Stöhnen? Sie schüttelte den Kopf. Das hatte sie sich wahrscheinlich alles nur eingebildet oder es waren die Nachwirkungen eines Albtraumes. Eine gefühlte Stunde später wurde sie abermals kurz wach, als ihr Mann leise die Schlafzimmertüre öffnete, sich rasch auszog und sofort ins Bett kroch. Sie nahm einen undefinierbaren Duft an ihm wahr. Elisabeth war aber zu müde, um das zu hinterfragen.

KAPITEL 2
Freitag, 5.Juni, 06:30 Uhr

Als Elisabeth am nächsten Morgen durch das schrille Bimmeln des Weckers geweckt wurde, strahlte bereits die Sonne durch das Fenster und ließ einen herrlichen und heißen Frühsommertag erahnen. Sie kniff die Augen zusammen. Von draußen vernahm sie ein ohrenbetäubendes Geräusch. Elisabeth erhob sich und blickte durch den Vorhang. Das laute Brummen musste vom Bauernhof herkommen. Durch die hohe Hecke konnte sie aber nichts sehen. „Der wird doch nicht jetzt schon wieder Gülle ausfahren." Elisabeth verspürte beginnende Kopfschmerzen. Immer begannen diese in der Nackenwirbelsäule und breiteten sich über die hintere Schädeldecke aus. Sie kramte im Nachtkästchen nach einer Schmerztablette. Herbert war bereits vor ihr aufgestanden und machte sich im Bad zu schaffen. Er holte sich soeben ein frisches Hemd aus dem Kasten und sah Elisabeth dabei mit gerunzelter Stirn an.

„Warum machst du so ein verkniffenes Gesicht. Hast du schon wieder Migräne?", feixte er verächtlich und verschwand gleich wieder im Bad.

Elisabeth sagte nichts, schlurfte in die Küche, schluckte die Tablette mit einem Glas Wasser. „Bäahh, könnten die nicht mal Kopfwehtabletten mit Geschmack erzeugen. Echt grausig diese Dinger!", brummelte Elisabeth in sich hinein. Dann begann sie, noch etwas träge, das Frühstück herzurichten. Herbert setzte sich frisch gestylt an den Tisch und bestrich seine Buttersemmel. Elisabeth goß sich Kaffee in eine Tasse und erzählte ihm von ihrer nächtlichen Wanderschaft und den vermeintlichen Geräuschen.

Er griff nach der am Tisch liegenden Zeitung und sah sie zugleich mit einem schrägen Blick an. „Selber schuld, wenn du bei jedem Quietscher hochschreckst", meinte er schnippisch lachend.

Nun vernahmen die beiden das laute Dröhnen von einem Hubschrauber-Motor, welcher sich soeben vom Nachbargrundstück in die Lüfte hob. Elisabeth beobachtete den Abflug des Helikopters und hatte dafür überhaupt keine Erklärung.

„Komisch! Weißt du, was da los ist?", fragte sie Herbert und goss sich eine weitere Tasse Kaffee ein.

„Nicht wirklich", kam die einsilbige Antwort. Während Herbert in die Zeitung vertieft war, auf die Frage nicht weiter reagierte und das von Elisabeth liebevoll zubereitete Frühstück ohne weiteres hinunterschlang, saß Elisabeth ihm gegenüber und beobachtete ihn voll Zuneigung. Seit fünfundzwanzig Jahren waren sie verheiratet und sie war noch immer in ihn verliebt, wie am ersten Tag. Mit seinen knapp fünfzig Jahren war er nach wie vor ein attraktiver Mann. Seine guttrainierte Figur und die graumelierten Haare machten ihn noch interessanter. Ach, was war er doch für ein toller Hecht, als sie sich kennengelernt hatten. Er, der Sohn des ansässigen Wirtes aus dem Nachbardorf und Schwarm aller junger Mädchen! Groß und schlank, dunkle, leicht gelockte Haare. Damals trug er meist enge Jeans und ein weißes Hemd, das seine sonnengebräunte Haut hervorhob. Sie hatte ihn angehimmelt. Schon bei ihrem ersten Discobesuch war sie ihm aufgefallen. Elisabeth, in ihrer Jugend ein hübsches Mädchen, mit guter Figur und einem schönen Busen, war schon einen zweiten Blick wert. Aber ihr äußerst konservatives Elternhaus hatte eine strenge Erziehung mit sich gebracht. Sie war ziemlich schüchtern und wagte es kaum, einen Burschen direkt anzusehen. Das gefiel ihm natürlich und weckte seinen männlichen Beschützerinstinkt. Er wich nicht mehr von ihrer Seite und bewahrte sie vor allen bösen Mächten, die sich halt so in einer so kleinen Dorfgemeinschaft herumtrieben. Ein Jahr später war die Verlobung bekanntgegeben worden. Im Juni des darauffolgenden Jahres wurde geheiratet. Die Hochzeit war lustig, obwohl ihr Mann damals arg mit ihrer besten Freundin geflirtet hatte. Elisabeth tat es wegen des hohen Alkoholkonsums als nicht wichtig ab und verzieh ihm alles. Dann begann er sich weiterzubilden, machte einen Kurs nach dem anderen, bis er schließlich zum Abteilungsleiter eines Großmarktes aufgestiegen war. Immer wieder sprach sie mit ihm über Kinder, aber er vertröstete sie jedes Mal und meinte stets, dass dafür noch genügend Zeit sei. Jetzt waren beide zu alt für Kinder und ihr ganzes Leben war nicht mehr dafür eingerichtet. Elisabeth hatte lange mit dieser Situation gehadert, aber sie wollte mit ihm nicht mehr darüber streiten. Nun, nach 25-jähriger Ehe, zogen sich die Tage eintönig dahin, nur wenige Ereignisse durchbrachen den Alltag und es gab längst keine wilden Partys mehr. Elisabeths Mittelpunkt waren der große Garten und ihre Kaffeerunden, seiner die regelmäßigen langen Radtouren mit seinen Arbeitskollegen und Freunden.

Nachdem ihr Mann aus dem Haus war, räumte sie die Küche auf, ging ins Bad, um zu duschen und zog sich an. Eine halbe Stunde später war sie auf dem Weg ins Büro. Elisabeth hatte einen Halbtags-Job in einer kleinen Druckerei am Rande des Dorfes, der ihr sehr gut gefiel. Im Spiegel betrachtet, sah sie eine eher konservative, brave

Hausfrau. Mit Schminke hatte sie nicht viel am Hut. Brünette kurze Haare, eine inzwischen schon ziemlich mollige Figur, vorwiegend flache Schuhe, dunkle und gesetzte Kleidung. Sie hielt einfach nichts von dieser High-Heels- und Schicki-Micki-Gesellschaft. Diese Damen hatten doch nur eines im Sinn: Männerfang. Auffallen um jeden Preis, andere Konkurrentinnen ausstechen! Schrecklich!

Ihr schlichtes Denken, ihre Unvoreingenommenheit und Gutgläubigkeit, machte sie für jeden Kummer der anderen zugänglich. Meist betrachtete sie arglos ihr jeweiliges Gegenüber und hörte sich auch sämtliche Wehwehchen ihrer Freundinnen an. Auch ihre Mutter hatte es nicht anders gemacht. Und auch ihr Vater war oft erst spät abends nach Hause gekommen.

Ehe sie schließlich ins Auto stieg, umrundete sie sicherheitshalber noch einmal das Haus, konnte aber weder im Garten noch am Haus etwas Auffälliges entdecken.

Nach der Arbeit wollte sie wegen des Hubschrauber-Geräusches zum Bauernhof gehen und fragen, was passiert sei.

GSTANZL

Bist a unschuidigs Mesch
Mit an schen Körperbau.

Lernst so an Hallodri kenna
Und der nimmt di zur Frau.

Holladiridio, Holladrio
Holladiridio, was sagst denn da!

KAPITEL 3
Donnerstag, 4. Juni, 23:30 Uhr

Gegen Mitternacht war Karl Moosberger, der Bauer vom Sprenglerhof, sturzbetrunken nach Hause gekommen und bemerkte, dass eine Kuh im Stall unruhig war. „Na geh, muass des jetzt sei!", lallte er vor sich hin. Mit einer fahrigen Bewegung kratzte er sich am Hinterkopf. Rosita war trächtig und gerade jetzt kam anscheinend das Kalb zur Welt. Sein Schädel brummte, sein Gang war absolut nicht kerzengerade. Er machte sich auf den Weg in den Raum mit den Stallutensilien zwischen dem Wohnhaus und dem Stall, wo er sich bei einem Waschbecken mit einer Ladung kaltem Wasser ins Gesicht wachrüttelte. Dann zog er die Gummistiefel und das Stallgewand an, welches dort an einem Haken hing. Seit fünfundvierzig Jahren war er der Bauer am Hof und hatte schon viele Kälber zur Welt gebracht. Nie hatte es Probleme gegeben. Für sein Alter von sechsundsechzig Jahren war er noch immer rüstig und freute sich über eine äußerlich strotzende Gesundheit. Sein Gesicht wirkte kantig und derb, mit einem leicht zynischen Zug um die Lippen und einem trotzig vorgeschobenen Kinn. Eine strubbelige braune Haarpracht verlieh seinem Aussehen etwas Wildes. Seine groben Hände griffen immer fest und bestimmt zu. Da gab es keine Widerrede. Mit unsicheren Schritten öffnete er die Stalltüre und sah Rosita bereits am Boden liegen. Sie musste starke Schmerzen haben. Das war für ihn ungewöhnlich. Schweren Schrittes ging er zu ihr, strich ihr mit der Hand beruhigend über den Schädel und lallte ihr zu „Brave Rosita, Brawe, glei habm ma's!"
Dann zog er die langen Gummihandschuhe an, holte

einen Eimer Wasser und warf die schwere Gummischürze über seine Kleidung. Er musste einmal ausgiebig rülpsen. Schwitzend und vom hohen Alkoholkonsum schwer atmend, kniete er sich ungelenk zu Rosita auf den Boden, die ein schmerzliches Muhen durch den Stall brüllte. Als er mit der Hand in die Gebärmutter fuhr, wollte er das Kalb herausziehen. Mit beiden Händen versuchte er die Beine des Kalbes zu fassen, aber da ging nichts. So sehr er auch drehte und wendete, er bekam das Kalb nicht heraus. In seinem vernebelten Hirn fiel ihm nur noch die Säge ein. Er wusste von anderen Bauern, dass es manchmal vorkommen konnte, dass ein Kalb zu groß war oder der Geburtsweg zu eng oder sonstige Komplikationen entstanden. Da musste man dann das Kalb im Mutterleib mit Hilfe eines Röhrenfetotoms zersägen, wenn man das Leben der Kuh retten wollte. Die Tierärzte nennen das Fetotomie. Ein wirklich grausiger Vorgang. Doch wie sollte Karl in seinem versoffenen Zustand einen so schweren Eingriff vornehmen? Die Kuh gab nur noch schwache, dumpfe Laute von sich, sie hatte aus Erschöpfung den Kopf schon am Boden liegen, die Zunge, ganz dunkelblau, hing aus dem Maul und die Augen stierten rot unterlaufen und schmerzverzerrt geradeaus. Das Kalb machte nur noch vereinzelte Zuckungen. Karl saß vor der Kuh am Boden und wischte sich den Schweiß mit einem schmutzigen Taschentuch von der Stirne. Er konnte es nicht fassen. Warum war das heute nicht zu bewerkstelligen? Immer hatte er allein die Geburten seiner Tiere begleitet, wieso sollte das jetzt nicht gelingen? Natürlich war auch sein Wissen, was derart komplizierte Geburten betraf, nicht besonders groß, aber den Tierarzt wollte er aus Protest und Sturheit nicht kontaktieren. Das hätte ja auch Geld gekostet. Er, der Großbauer mit einem 150 Joch großen Grundbesitz, war einfach nur fürchterlich geizig und sein Vertrauen zu Tierärzten gering. „Die Pfuscher verlangen viel Geld und können's auch nicht besser als ich", pflegte er seinen Standpunkt darzulegen.

Der hohe Alkoholkonsum machte ihm das Denken schwer. Verschwitzt und wütend fuhr er sich mit dem Handrücken über die Stirn und stierte voll Sorge auf seine am Boden liegende, verendende Kuh. Er fluchte laut und plötzlich wurde es Nacht um ihn.

KAPITEL 4
Freitag, 5.Juni, 05:00 Uhr

Zeitig am Morgen, wie jeden Tag seit vielen Jahrzehnten, machte sich Notburga, die Bäuerin vom Sprenglerhof, auf in den Stall. Den herrlichen Sonnenaufgang und die jetzt noch angenehm kühle Luft beachtete sie nicht. Dafür hatte sie schon lange keinen Blick mehr. Notburga hatte natürlich bemerkt, dass ihr Mann nicht im Bett gewesen war, aber das war nichts Ungewöhnliches. Oft kam er von seinen Zechtouren spät heim und blieb dann in seinem Suff meist in der Stube beim Kachelofen, angekotzt oder angepisst, liegen. Das war ihr sogar recht, dann musste sie wenigsten seinen Gestank nicht ertragen.

Auf dem Weg zum Kuhstall sah sie von weitem ihren reglosen Mann in einer riesigen Blutlache vor dem Eingang des Stalles am Boden liegen. Sie rannte zu ihm und blickte voll Entsetzen auf Karl.

„Na, Karl, um Gotts Wuin! Was is mit dir! Hilfe, Hilfe", schrie sie panisch durch den Hof. Franz, der jüngere Sohn kam in Unterhosen aus dem Haus gerannt. „Was is, Mama!", rief Franz schon vom Haus weg und sah dann den Vater am Boden. Er verständigte sofort die Rettung, die nach kurzer Zeit mit Blaulicht in den Hof brauste. Die Sanitäter liefen mit einer Trage zu dem schwerstverletzten Bauern, um die Erstversorgung vorzunehmen. Sein Schädel schien eingeschlagen zu sein, ein schwacher Puls war noch zu spüren. Die Sanitäter und der Notarzt waren ein eingespieltes Team und taten das Allernotwendigste. Der Notarzt begutachtete den zertrümmerten Kopf des Bauern.

„Ich denke, wir warten auf den Hubschrauber. Der soll

den Mann in die Uniklinik bringen, damit man ihn sofort operieren kann. Ich bin mir nicht sicher, ob die Verletzung von der Kuh stammt. Möglicherweise hat jemand nachgeholfen", sagte er zu seinen Helfern mit kritischem Blick auf den Verletzten. Er machte zur Sicherheit Fotos vom Unfallort. Notburga konnte das Ganze nicht richtig wahrhaben. Auch wenn ihr Mann ein grobschlächtiger Mensch war, so brauchten sie ihn doch für die schweren Arbeiten am Hof. Karl, der ältere Sohn und die Tochter Sabine hatten sich soeben zum Unfallort begeben. Sie standen ziemlich betroffen vor dem am Boden liegenden Vater. „Was hat er denn jetzt wieda angstellt. In seina Sturheit hat er ois falsch gmacht. Schauts, de Kuah und s'Kalb sand ah hi!", schrie Karl verbittert, deutete in den Stall hinein und ballte dann seine Hände zu Fäusten. Wenig später landete der Hubschrauber auf der Wiese vor dem Bauernhof. Das Dröhnen des Motors und der Rotorblätter war weitum zu hören und wirbelte das abgestorbene Gras auf den Wiesen hoch. Es dauerte nicht lange und der Bauer war nach der Erstversorgung mit dem Hubschrauber auf dem Weg ins Unfallkrankenhaus.

09:15 UHR

Nachdem das Krankenhaus die örtliche Polizeistation Tutzenbach von dem Vorfall am Sprenglerhof verständigt hatte, machten sich Inspektor Gerber und seine Assistentin Rosa Weilheim auf zum Sprenglerhof. Rosa steuerte den Wagen und parkte ihn direkt in der Einfahrt.

Beide stiegen aus und gingen in den Hof, wo vor dem Stall eine riesige Blutlache zu erkennen war. Im Stall lag noch die verendete Kuh. Die Beine des toten Kalbes hingen aus der Gebärmutter, auch da hatte sich Blut auf dem Stallboden verteilt.

„Glaubst Du, dass das ein Unfall war? Könnte ja sein, dass die Kuh ihn verletzt hat, oder? Wird schwierig werden, die Blutspuren zu analysieren. Aber was soll's, der Doc wird schon wissen, wie's geht."

Rosa sah ihren Chef durch die Sonnenbrille an und nickte.

„Der Bauer dürfte sich noch aus dem Stall geschleppt haben und ist dann hier liegengeblieben. Da zieht sich eine Blutspur nach draußen. Komisch ist, dass er nicht um Hilfe gerufen hat."

Inspektor Gerber kratzte sich am Hals und schüttelte den Kopf. Wieso hatte der Mann für die trächtige Kuh nicht den Tierarzt geholt.

„Tja, wir müssen auf alle Fälle den Bereich vor dem Stall absperren. Solange der Unfallhergang nicht geklärt ist, sollten wir auf Nummer sicher gehen."

Rosa Weilheim war 28 Jahre alt, eine hübsche, junge Frau, mit einer Nickelbrille, trug meist Jeans und ein Holzfällerhemd. Sie war in einem entfernt gelegenen Bauernhof aufgewachsen und hatte sich über die Aufnahme in das Team von Gerber gefreut. In ihrem Jahrgang an der Polizeischule war sie Klassenbeste gewesen und hatte das Zeug, eine gute Polizistin zu werden. Wegen ihrer pummeligen Gestalt war sie immer etwas unsicher im Umgang mit Menschen. Die vorwiegend männlichen Kollegen trauten ihr wenig zu. Anfangs dachten einige Mitarbeiter daran, sie mit verschiedenen Aktionen zu blamieren oder zu hänseln. Das stellte der Inspektor aber gleich rigoros ab. Er schätzte ihre Arbeit und ließ es nicht zu, dass die Herren Polizisten sich ihren Spaß mit ihr machten. Sie blickte zu ihrem Chef mit großer Bewunderung auf, vielleicht war sie auch ein wenig verknallt in ihn. Ob er die Schwärmerei seiner Untergebenen bemerkte? Na ja, vielleicht, aber das würde er niemals zugeben.

Rosa hatte ein Absperrband aus dem Kofferraum geholt und wandte sich wieder der Unfallstelle zu.

„Chef, nehmen Sie die Befragung der Familie vor?"

„Ja, ich geh gleich hin. Machst du bitte Fotos und kommst dann nach", nickte ihr Gerber zu und ging zum Wohnhaus.

Ein wunderschönes altes Bauernanwesen war der „Sprenglerhof". Das Wohnhaus war unten weiß getüncht, mit braun-gestrichenen Fensterläden, das Obergeschoß war mit dunklem Holz verkleidet, vor den Fenstern befanden sich rot/gelbe Geranien und Begonien. Der Stall, die Scheune und eine Remise kreisten den ordentlich aufgeräumten Vorplatz ein. Alles wirkte sauber und geordnet. Ein leichter Geruch nach Mist, Wiesenkräutern und Heu kam aus dem Stall. Gerber betrat das Haus durch eine massive, doppelte Eichentüre, oben am Türstock war die Zahl 1728 eingeritzt. Er kam in ein dunkles Vorhaus, am Ende des Ganges sah man eine weitere Tür, die wahrscheinlich zu den angrenzenden Wiesen führte. Drinnen war es dämmrig und angenehm kühl. Die weiß-grau gefleckten Bodenfliesen gaben ein wenig Helligkeit ab. Links und rechts an den weißgetünchten Wänden des Vorhauses hingen alte Fotografien vom Sprenglerhof und von seinen Bewohnern, in braune wurmstichige Holzrahmen gefasst. Sie zeigten die Bauersleute und das Gesinde bei der früher so schweren, körperlichen Feldarbeit. Gerber öffnete die erste Türe links und betrat die Bauernstube. Dort waren bereits alle Familienmitglieder versammelt. Notburga, die Frau des Toten, die Söhne Karl und Franz, Sabine, die Tochter und ihr Freund Max, der sofort nachdem Sabine ihn angerufen und von dem Unfall des Vaters erzählt hatte, zum Hof gekommen war. Sie saßen alle um den großen Bauerntisch. Keiner wirkte wirklich traurig.

Karl, der ältere der beiden Söhne, war ein grob aussehender Bursche mit Händen, so groß wie Klodeckel, der konnte sicher gut und fest zupacken. Seine Züge glichen denen des Vaters aufs Haar. Er hatte Hass in den Augen, Hass auf seinen brutalen Vater. Hass auf seinen weichlichen Bruder Franz, der immer der Liebling der Mutter war und irgendwie auch auf seine Schwester, weil sie mit Max einen ihm beinahe ebenbürtigen Mann auf den Hof geholt hatte. Er zündete sich eine Zigarette an und lehnte sich zurück. Als der Inspektor eintrat, grüßte keiner laut, sondern sie nickten nur mit den Köpfen oder murmelten ein „Grsgt", was einem „Grüß Gott" gleichkommen sollte. Die Bäuerin hob kurz den Kopf und deutete Gerber mit einer linkischen Handbewegung, er solle sich auf den freien Sessel setzen. Sie war mit Schürze und Stiefeln bekleidet, die kräftigen, aber abgearbeiteten Arme hatte sie auf dem Tisch liegen. Graue Haare schauten unter einem Kopftuch hervor, ihre Hände waren aufgequollen vom vielen Waschen, vom schweren Tragen und von täglicher, harter Arbeit. Sie war wohl auf dem Weg zum Stall gewesen, wo das Melken und Füttern der Tiere, aufgrund der schrecklichen Ereignisse und der ersten notwendig gewordenen, polizeilichen Untersuchungen, noch warten musste. Einige der Kühe muhten laut und scharrten schon unruhig, sie wollten gemolken werden.

Der Inspektor bedankte sich mit einem kurzen Nicken in die Runde und legte seine Dienstkappe zur Seite. Als Rosa ebenfalls die Stube betreten hatte, begann er mit der Befragung der Familie.

„Inspektor Gerber und meine Assistentin Weilheim", stellte er sich und Rosa vor und zeigte zugleich seine Dienstmarke. „Der Herr Moosberger, ihr Mann und euer Vater, sieht ziemlich schwer verletzt aus. Hat jemand von euch heute Nacht etwas gesehen oder gehört? Könnt ihr euch vorstellen, was oder wie das passiert ist?"

Sie sahen ihn nur stumm an und sagten nichts. Karl dämpfte schließlich eilig seine Zigarette aus und sagte mit einem leicht zynischen Seufzer: „Er hat's so wolln." Zugleich stand er auf und verließ mit schweren Schritten die Stube. Der Inspektor sah ihm stirnrunzelnd nach und wollte schon hinterher gehen, aber die Tochter gab zu verstehen: „Mir san froh, dass er a Zeitlang weg is, vastehngan's?" Sie klang irgendwie erleichtert.

Der Inspektor blickte sie überrascht an und schüttelte den Kopf.

„Tja Fräulein, das müssen Sie mir schon erklären. Ich habe ihren Vater nicht so gut gekannt. Warum sind Sie froh, dass er weg ist?"

Der Dienst des Inspektors in diesem Dorf war, nachdem er seinen Posten in der Stadt quittiert hatte, erst vor knapp einem Jahr vakant geworden. Eine zu kurze Zeitspanne, um alle Dorfbewohner näher kennenzulernen. Er hatte zwar die Gerüchte im Dorf gehört, dass der Bauer nicht gerade zimperlich mit seiner Familie umgegangen ist, aber was sind schon Gerüchte.

Das Mädchen antwortete nicht, stierte ihn nur mit leerem Blick an. Plötzlich stand sie auf und stellte sich vor den Inspektor, zog ihren Rock leicht nach oben und zeigte Gerber den linken Oberschenkel. Darüber zog sich quer über die Haut eine dicke hässliche, alte Narbe. Das musste eine schwere Verletzung gewesen sein.

„Des war da Ochsenzähm, in da Hand vom Vata. Ah meine Brüada habm soiche Narbm und de Muatta glei drei", sagte sie mit abgestumpfter, gleichgültiger Miene. Sabine schob den Rock wieder nach unten, machte mit gesenktem Kopf eine unbeholfene Bewegung in Richtung ihrer Mutter und ging ebenfalls aus der Stube. Sie war ein hübsches Mädchen mit braunen halblangen Haaren und einer guten Figur. Aber sie hatte um den Mund einen verbitterten Zug und in ihren Augen war eine große Trau-rigkeit zu erkennen. ‚Armes Ding', dachte der Inspektor, ‚das muss sehr schmerzhaft gewesen sein'. Rosa sah Sabine mit großen Augen an. Sie wollte sich lieber nicht vorstellen, was für eine Tortur das gewesen ist. Franz, der jüngere Sohn, hatte bisher keinen Mucks von sich gegeben. Er war ein schmaler, blond-schopfiger Bursche. Gerber sah ihn an und vermutete, dass Franz sicher keine Ambitionen für das Bauernleben verspürte, auch wenn er, wie Gerber später erfuhr, ganz gerne an den Maschi-nen herumbastelte. Seine Bewegungen wirkten unsicher. Sein Blick war nervös und auch in seinen Gesichtszügen zeigten sich wenig Gefühle. Max, Sabine's Freund, blickte unentwegt auf die Tischplatte. Er war ein gestandener junger Mann, die Ärmel des blauen Hemdes hatte er hochgekrempelt, man sah starke, braungebrannte Unterarme. Er trug zum blauen Hemd eine alte Lederhose und hatte Holzpantoffel an, deren Oberfläche aus Kuhfell gearbeitet war. Um sich abzulenken, spielte er mit dem Feuerzeug von Karl und streifte es mit den Fingern nach oben, nach unten, nach oben, nach unten. Der Inspektor konnte das Geräusch bald nicht mehr hören und hätte ihm das Ding am liebsten aus der Hand geschlagen. Rasch merkte er, dass heute von diesen Personen keine klaren Aussagen zu erwarten waren. Rosa hatte alles notiert. Die beiden Polizisten erhoben sich. Gerber war ein wenig verärgert und erklärte: „Gut, es ist wohl noch zu früh, um Sie weiter zum Unfallhergang zu befragen. Wir kommen später noch einmal auf Sie zu. Die Absperrung bleibt, bis wir Näheres aus dem Krankenhaus erfahren haben!"

Die Bäuerin sah ihn erschrocken an. „Ja aba de Küah müass ma melkn. De kinnan nimma wartn!" Gerber sah Notburga an und meinte „Da müsst ihr halt von hinten in den Stall gehen."

Gerber und Rosa verließen hastig die Stube. Gerber wischte sich mit dem Handrücken über die Stirn und atmete, im Freien angelangt, tief durch. „Das war eine schreckliche Atmosphäre, puhh!! Was sagst, Rosa! In dieser Familie herrscht vielleicht eine grauenhafte Stimmung. Anscheinend wurden alle vom Bauern regelmäßig verprügelt. Hast die Narben gesehen? Die sind ja grauenvoll."

Neuerlich wischte sich Gerber mit seinem Tuch den Schweiß von der Stirn. Die beginnende Schwüle dieses Frühsommertages beherrschte schon wieder die Luft. Rosa sagte nichts. Sie musste selbst erst die soeben gehörten Gräueltaten verarbeiten. Rosa hatte gerade den Wagen gestartet, da kam ein Laster der Veterinärstation in den Hof, welcher die tote Kuh in das Kühlhaus bringen sollte. „Wer hat den verständigt?", fragte sich Gerber und schüttelte verwundert den Kopf. Er stieg noch einmal aus und deutete dem Fahrer, er solle das Seitenfenster runterlassen. „Ihr könnt die tote Kuh nur durch den Hinterausgang abtransportieren. Den Stalleingang im Hof haben wir abgesperrt, weil die Unfallursache noch unklar ist. Nicht, dass ihr mir da womöglich Spuren zertrampelt! Und lasst das tote Tier bei euch noch liegen, bis wir wissen was tatsächlich passiert ist. Vielleicht kann der Tierarzt gleich Blutproben nehmen, damit wir etwas zum Abgleichen haben. Ich sag euch Bescheid."

Der Fahrer nickte und ging von hinten zum Stall. Gerber und Rosa verließen den Bauernhof. Rosa chauffierte ihren Chef bis zur Polizeistation und stellte den Wagen hinter das Gebäude.

12:15 UHR

Im Büro zog der Inspektor seine Jacke aus, hängte sie über den Sessel und krempelte die Hemdsärmel hoch. Nach wenigen Minuten hörte er, wie Rosa ihr Büro betrat. „Rosa, machst mir bitte einen Kaffee", rief er zu seiner Assistentin ins Nebenzimmer. Als sie ihm schließlich eine Tasse auf den Tisch stellte, öffnete er gerade das Fenster, um frische Landluft hereinzulassen. Draußen war es ziemlich ruhig, die meisten Einwohner waren bereits in der Arbeit, die anderen litten schon jetzt unter der beginnenden Hitze und blieben lieber in der Kühle ihrer Häuser. Tutzenbach war ein nettes Innviertler Dorf mit etwa 3.000 Einwohnern. Der Ortskern war nicht gerade groß, aber das Umland der Gemeinde war sehr weitläufig und zeigte in und auf den Hügeln verstreut viele Bauernhöfe und Kleinhäuser. Eine Hauptstraße teilte den Ort und hier, entlang der Straße, fanden sich die meisten Einfamilienhäuser, mit ihren kleinen, bunt blühenden Vorgärten. Im Zentrum stand groß und mächtig die Kirche mit dem Pfarramt und dahinter lag der kleine Friedhof mit den liebevoll geschmückten Gräbern, umgeben von alten Bäumen. Daneben befand sich der weitum bekannte Kirchenwirt mit den dazugehörenden Wirtschaftsgebäuden. Ein sehr gern besuchtes Landgasthaus mit guter bürgerlicher Küche und einem tollen Gastgarten, in dem die riesigen, alten Kastanienbäume während des Sommers kühlenden Schatten spendeten. An dieses Grundstück schloss das alte Postgebäude an, in dem im Erdgeschoß der Polizeiposten untergebracht war. Im Nebenhaus befanden sich der Friseur sowie im 1.Stock eine Änderungsschneiderei.
Gegenüber der Kirche war das Gemeindeamt zu finden. Ein netter, mit Blumentrögen geschmückter Marktplatz,

auf dem einmal im Monat ein kleiner Wochenmarkt abgehalten wurde, war neben dem Gemeindeamt zu sehen. Zwei Häuser vor dem Kirchenwirt konnte man das neu errichtete Bankgebäude finden, das durch seine monströse Glasfront ein wenig deplatziert wirkte. Gleich anschließend befand sich der Krämer, also ein kleiner örtlicher Supermarkt. Lydia Höller hatte den beliebten Dorftratsch-Treffpunkt vor vielen Jahren von ihren Eltern übernommen. „Da Höllen-Kramer" nannten ihn alle. Dort konnte man wirklich jedes in Umlauf befindliche Gerücht erfahren, sämtliche boshaften Anmerkungen zu allen Bewohnern im Dorf und auch außerhalb loswerden und diskutieren und gleichzeitig Lebensmittel einkaufen, die man beim Großeinkauf im Supermarkt, der sich nahe der Bezirksstadt befand, vergessen hatte.

Dann machte die Straße eine starke Kurve nach links. Am Ortsende des Dorfes hatten sich einige kleine Betriebe angesiedelt, eine Druckerei, eine Autowerkstätte und ein bäuerlicher Selbstvermarkter. Auch das neu errichtete Feuerwehr-Gebäude war hier zu finden.

Das Umland zeigte zwischen den sanften Hügeln mit den fruchtbaren Äckern und Feldern die schmucken Bauernhöfe, die wie weiße Wolken in der Landschaft eingebettet lagen. Einige kleine dunkle Wäldchen lockerten das Landschaftsbild auf. Ganz in der Ferne waren, bei optimaler Fernsicht, auch die Berge des Salzkammergutes zu erkennen. Gerber betrachtete dieses Landschaftsbild voll Stolz, sog die Luft tief ein und schmunzelte ein wenig. Alles in allem war das ein gemütlicher Ort mit gemütlichen Leuten.

Gerber verließ nach einigen Minuten den Fensterplatz und setzte sich an seinen Schreibtisch. Er rief seinen Kollegen in der Stadt an und berichtete von dem schrecklichen Vorfall. Sie mussten auf das Ergebnis des Krankenhauses warten, dann würden vielleicht weitere Schritte nötig sein. Gerber legte den Hörer auf und begann nachzudenken. Wer könnte denn ein Interesse daran haben, den Bauern derart zu verletzen? Jemand aus seiner Familie? Noch hoffte er, dass es sich nur um einen ganz tragischen Unfall handelte und der Sprenglerbauer bald wieder genesen war. Vielleicht hatte ihn die Kuh mit ihren Hörnern angegriffen? Das konnte sich Gerber aber auf Grund der vorgefundenen Situation nicht wirklich vorstellen. Und die beim Bauern noch immer vorhandene Alkoholfahne ließ trotzdem alle Möglichkeiten offen. Es blieb Gerber nichts anderes übrig. Er musste die Nachricht des Krankenhauses abwarten.

Er öffnete die Tür zu Rosas Büro. „Rosa, wenn das Krankenhaus anruft, schalte mir das Gespräch gleich durch."

Dann wandte er sich der Bearbeitung offener Akten zu. Eine Arbeit, die er nicht wirklich gerne mochte, aber was solls. Seine Vorgesetzten brauchten die fertigen Berichte und Ergebnisse, um Akten zu schließen und auch um den Fortbestand des kleinen Postens auf dem Land zu rechtfertigen und zu sichern. Ein Großteil der Delikte hielt sich in geringem Strafrahmen. Nur vor drei Jahren hatte es einen Banküberfall gegeben, eine der Bankangestellten war durch eine Kugel verletzt worden. Da hatte sich Gerbers Vorgänger bestens bewährt. Die Nähe des Polizeipostens zur bayrischen Grenze machte auch durch das aktuelle Schlepperwesen und die steigenden Diebstähle eine dauerhafte Präsenz notwendig.

Mittags schaltete Gerber den Computer aus und ging hinüber zum Kirchenwirt, um ein Mittagessen zu genießen.

Gerber aß fast immer im Gasthaus, denn er war allein-
stehend und seine Kochkünste hielten sich in Grenzen.
Mit seinen vierundfünfzig Jahren sah er zwar noch ganz
passabel aus, aber er war doch ein ziemlicher Eigenbrötler
geworden, wenn er das auch niemals anderen gegenüber
zugeben würde. Für eine Frau war keine Zeit oder Lust
gewesen, es hatte sich auch nie etwas Konkretes aufgetan.
Und wenn er einmal mit einem Mädel ausgegangen war,
verloren diese rasch das Interesse an ihm. Denn sie wollten erobert werden, wollten etwas Prickelndes erleben
und bevorzugten die Machos und Raufer. Er war ihnen
zu ruhig. Dafür war er einfach der Falsche. Es schien ihm
auch viel zu anstrengend, dieses ewige Gejage nach dem
Weiblichen. Als er nach seiner Ausbildung im Landeskriminalamt zum Kriminalinspektor in der nahen Großstadt
aufstieg, stürzte er sich mit Feuereifer in seine Arbeit. Die
Jahre vergingen und als er das eine oder andere Mal leise
Sehnsüchte nach einer Partnerin verspürte, kam entwe-
der ein Kriminalfall dazwischen oder er musste zu seiner
im Dorf lebenden, früh kränkelnden Mutter fahren. Der
Vater war schon vor vielen Jahren an Krebs gestorben.
So brauchte sie oft männliche Unterstützung vor Ort.
Schließlich wurde die Mutter bettlägerig. Er gab seinen
Beruf im Kriminalkommissariat auf und wechselte in
das kleine Polizeirevier in seinem Heimatdorf. Die Ruhe
und der gemächlichere Gang am Land waren ihm nach
dem jahrelangen Stress sehr entgegengekommen. Er hatte
seine Mutter so gut es ging gepflegt und konnte daher
gar nicht mehr an andere Frauen denken. Seine Mutter
war schließlich vor drei Monaten verstorben. Inzwischen
hatte er sich noch mehr zurückgezogen. Die verstaubten
Ansichten über das weibliche Geschlecht unterstützten

seine selbstgewählte Einsiedelei. Aber manchmal kam ihm das Alleinsein in dem kleinen Häuschen doch ziemlich unangenehm vor, so gab es immer wieder Grund genug nicht zu Hause zu bleiben.

GSTANZL

Da am Land is gscheid lustig,
Da am Land is gscheid sche.

Da gibt's vui stramme Burschn
Und ma kann fensterln geh.

Holladiridio, Holladrio
Holladiridio, was sagst denn da!

KAPITEL 5
Samstag, 6.Juni, 10:00 Uhr

Einen Tag nach der Einlieferung ins Krankenhaus war der Bauer, trotz sofortiger Notoperation, an seinen schweren Kopfverletzungen verstorben. Der zuständige Arzt des Krankenhauses hatte die Leiche zur Pathologie bringen lassen. Dort konnte man nach der Obduktion mit Sicherheit bestätigen, dass Fremdverschulden vorlag. Der Pathologe hatte Gerber gleich angerufen. „Herr Gerber, da hat jemand nachgeholfen. Der Tote hat einen festen Schlag auf den Hinterkopf bekommen, dabei ist sein Kleingehirn getroffen worden. Der wäre, hätte er überlebt, sicher ein Pflegefall geworden." Als Gerber das Telefonat beendet hatte, seufzte er tief. Also doch Fremdverschulden, waren seine ersten Gedanken.

Gerber, der sich heute ins Büro begeben hatte, um einiges aufzuarbeiten, wusste nach dem Anruf, dass viel Arbeit auf ihn und sein kleines Team zukommen würde.

Mit seinen ehemaligen Kollegen aus der Stadt setzte er sich sofort telefonisch in Verbindung Er wollte diesen Fall unbedingt selber aufklären. Nach Rücksprache mit dem Leiter der Kriminalabteilung wurde ihm dies auch zugesagt, aber mit dem Hinweis, alle Schritte und Erkenntnisse unverzüglich an das Kriminalamt zu berichten. Die Abteilung war bezüglich der Mitarbeiter heillos unterbesetzt, und da konnte man einem ehemaligen Kollegen diesen Wunsch gerne erfüllen. Sein damaliger Partner Norbert fungierte als Ansprechperson. Das machte die ganze Sache um vieles leichter. Die beiden hatten noch immer einen guten Draht zueinander.

Gerber begann sich Notizen zu machen. In der Familie hätte jeder und jede einen Grund für den Mord gehabt, das war ihm klar. So wie der Bauer alle zugerichtet hatte, war das auch mehr als berechtigt anzunehmen. Trotzdem konnte da nicht jemand daherkommen und über einen anderen richten.

12:00 UHR

Mehrere Polizeiwägen fuhren gegen Mittag zum Sprenglerhof und die Beamten packten ihre Utensilien aus. Nach Feststellung des gewaltsamen Todes, wollte die angeforderte Spurensicherung aus der nahen Großstadt ihre Arbeit gründlich erledigen. Die Freude, am Samstag arbeiten zu müssen, konnte man den Leuten ansehen. Viel lieber wären sie heute am See oder im Bad oder sonst wo. Jetzt stapften sie in ihren weißen Anzügen und den grünen Füßlingen über den Schuhen auf dem Bauernhof herum. Gott sei Dank hatte Rosa zumindest die Fundstelle des Opfers abgeriegelt. Der verantwortliche Kriminologe hatte von den Bauersleuten den Stall ausräumen lassen, alle Tiere waren auf der Weide. Der Zutritt blieb für jeden gesperrt, solange die kriminalistischen Untersuchungen nicht abgeschlossen waren. Deswegen wurde rasch mit der Arbeit begonnen, damit bis zum Abend die Tiere wieder in den Stall zurückkehren konnten.

„He, Robert, komm mit den Säckchen zu mir. Ich muss einige Dinge einpacken, die hier verdächtig aussehen."

Walter bückte sich über ein Grasbüschel.

„Ja, bin schon da. Hast was gefunden?"

Robert Herber war einer der Labormäuse, wie die Kriminaler ihre Labor-Kollegen nannten. Auch seine Kollegen Walter Gimpl und Stefan Brenner waren hoch konzentriert bei der Sache. Alle drei übten ihren Beruf seit Jahren aus und kannten jeden Handgriff genau. Stefan machte die technischen Auswertungen, fotografierte alles und arbeitete die eingebrachten Daten aus.

Sie untersuchten Zentimeter für Zentimeter jeden Winkel des Stallgebäudes und des Hofes. Jeder Strohhalm wurde hochgehoben. Es musste ja irgendwo einen Hinweis oder

Spuren von dieser schrecklichen Tat geben. Durch die Tiere waren leider schon Beweise zertrampelt und vernichtet worden. Das Schieben der Strohballen, vom Mist und der Grashaufen am Boden kam da auch noch hinzu. Bis zum Nachmittag war nichts, aber auch gar nichts gefunden worden. Die Männer gönnten sich eine kurze Pause und tranken den mitgebrachten Kaffee. Von der Familie des Bauern war den ganzen Tag niemand zu sehen gewesen.

Ein junger Chemiker, der erst seit drei Wochen bei der Spurensicherung war, ging hinter den Stall zum Pinkeln. Als er sich umdrehte, blendete ihn etwas im Gras. Er ging näher, schaute genau und konnte zwischen den Grashalmen ein Stück Glas am Boden liegen sehen.

„Robert, bring mir doch ein Sackerl. Ich hab da was im Gras entdeckt!", rief er einem seiner Kollegen zu und ließ sich einen Handschuh und eine Pinzette geben. Er hob das Stück Glas hoch und betrachtete es genau. Was war das? Es sah aus wie ein Brillenglas oder wie ein Stück von einer Flasche? Man gab den Gegenstand in ein Plastiksackerl und nahm es mit für die Untersuchung im Labor. Dann wurde noch von allen Bewohnern des Hofes eine Speichelprobe genommen, um eine eventuell vorzufindende DNA vergleichen zu können.

Spät am Nachmittag räumte die Untersuchungsmannschaft schließlich ihre Gerätschaften wieder ein. Als sie durch das Stalltor hinausgingen, stand die Bäuerin mit den Kindern und den Kühen vor dem Stall. Niemand sagte etwas, alle sahen sie mit besonders bösen Blicken auf die Männer. Diese gingen rasch zu den Autos, während die Bauernfamilie die Kühe in den Stall trieb.

KAPITEL 6
Montag, 8.Juni, 10:00 Uhr

Gerber hatte nun den Obduktionsbericht vorliegen. Die rasch durchgeführte Obduktion des Bauern hatte ergeben, dass es sich um keinen Unfall handeln konnte, sondern eindeutig um Mord. Die Verletzung am Schädel stammte von einem stumpfen Gegenstand. Man fand in der Wunde Reste von Holz. Alte Verletzungen und Blutergüsse konnten am ganzen Körper des Toten festgestellt werden. Sie hatten aber nichts mit dem Mord zu tun. Die Blutanalyse hatte auch nichts Wesentliches zu Tage gebracht, außer natürlich den enorm hohen Alkoholspiegel. Seine Leber zeigte Zerfallserscheinungen, auch weitere Organe befanden sich in ziemlich schlechtem Zustand. Ansonsten waren nur die Blutgruppe des Opfers und die der Tiere gefunden worden, keine fremde DNA.

„Rosa, schau dir bitte mit Philipp den Obduktionsbericht an. Beachtet jede Kleinigkeit. Sag mir Bescheid, wenn euch was auffällt!" Zugleich gab er Rosa eine Kopie des Berichtes weiter. Gerber wollte sich absichern, um nur ja nichts zu übersehen.

12:30 UHR

Elisabeth kam mittags von der Arbeit nach Hause. Es war schon ziemlich heiß für diesen Frühsommer. Sie öffnete alle Fenster und ließ die Luft zirkulieren. Der Wind wehte den Duft von frischem Kuhmist, abgemähtem Gras und dem Stallgeruch vom Nachbarn herüber und zog durch das ganze Haus. An diesen Gülleduft konnte sie sich wohl niemals gewöhnen. Rosenduft wäre ihr lieber. Der Bauernhof war etwa 800 Meter von der Grundgrenze entfernt. Die Umgebung war oft in diesen scharf riechenden Geruch aus der Klärgrube eingehüllt, besonders dann, wenn die Äcker mit frischer Jauche gedüngt worden waren. Da machte das Wäscheaufhängen im Freien überhaupt keinen Sinn.

Als sie das Radio einschaltete, brachte der Sprecher gerade die Tagesnachrichten.

„Tutzenbach: In dem kleinen Ort Tutzenbach geschah ein schreckliches Verbrechen. Karl Moosberger, der Bauer vom Sprenglerhof, wurde blutüberströmt vor dem Kuhstall gefunden und ist wenig später im Krankenhaus verstorben. Die Obduktion hat ergeben, dass es sich um Mord handelt. Der alte Bauer ist erschlagen worden, besser gesagt nach einem Schlag auf den Kopf verstorben. Die örtliche Polizei ersucht die Bevölkerung um sachdienliche Hinweise." Dann wechselte der Radiosprecher zu einer anderen Schlagzeile.

Elisabeth hatte sich die Nachrichten bis zum Ende angehört und setzte sich mit bleichem Gesicht auf den kleinen Hocker neben der Türe. Meine Güte, es gab einen Mord! Ein Verbrechen vor der eigenen Haustüre. Das wollte wirklich niemand erleben. Elisabeth legte erschüttert den Kopf in ihre Hände.

Im Radio hörte man nun die Wetteraussichten und Elisabeth begann am Herd zu hantieren. Ihr Nachbar war umgebracht worden. Man wusste noch nicht, wer das getan hatte. Ihr fielen wieder die unruhige Nacht und die Geräusche ein, die sie möglicherweise gehört hatte. Ob die vielleicht etwas mit dieser Mordsache zu tun hatten? Sie war sich nicht sicher und legte den Gedanken wieder zur Seite. Auch das Motorengeräusch des Hubschraubers erklärte sich jetzt von selbst.

Als Herbert zum Essen in die Küche kam, hatte Elisabeth das Gefühl, dass an ihm etwas anders aussah, konnte aber nicht erkennen, was es war. Sie erzählte ihm von den Radionachrichten.

„Was meinst du? Soll ich nicht doch zur Polizei gehen, weil ich ja in dieser Nacht durch ein Geräusch geweckt worden bin." Herbert sah sie erschrocken an und meinte dann leicht schnippisch,

„Na, wenn du glaubst, dass es wichtig ist, dann geh nur hin. Du wirst dich sicher ordentlich blamieren, wenn du den Beamten deine schlafwandlerischen Eindrücke schilderst!"

„Na ja, vielleicht denke ich nochmal darüber nach", erwiderte sie ziemlich unsicher. Irgendwie kam sie sich dumm vor, wenn sie ihre nächtlichen Streunereien mit diesem Mordfall verknüpfte.

Wenig später setzten sie sich zum Mittagessen und fuhren anschließend gemeinsam zum Einkaufen. Als sie aus der Stadt nach Hause gekommen waren, dachte Elisabeth nicht mehr an eine Aussage bei der Polizei.

KAPITEL 7
Dienstag, 09.Juni

Im Labor des Instituts für forensische Medizin war man dabei, die wenigen Fundstücke vom Tatort auszuwerten. Man hatte Strohhalmstücke mit nicht definierbarer, dunkler Verfärbung, einen kleinen Stofffetzen, eine Abschabung vom Boden und das Stückchen Glas mitgenommen. Viel war es nicht, aber die Ermittler klammerten sich an jedes noch so kleine Ding, das Aufschluss über den Tathergang bringen konnte. Der Inspektor war am Nachhauseweg aus der Stadt am Institut vorbeigefahren und ging jetzt zum Leiter der Abteilung, um sich den letzten Stand der Auswertungen mitteilen zu lassen. Er selber war in seiner Zeit als Kriminalbeamter in der Großstadt oft dort gewesen. Deswegen hatte er auch seinen ehemaligen Vorgesetzten gebeten, diesen Fall persönlich bearbeiten zu dürfen, nicht nur wegen des heimatlichen Umfeldes. Wenn er ehrlich war, blieb der berufliche Stress überschaubar und diese knifflige Detektivarbeit tat ihm gut. Gerber kannte alle notwendigen Maßnahmen und wusste, wie die weitere Vorgehensweise war.

„Das Glas stammt von einer Brille, Kurzsichtigkeit Minus 3,5 Dioptrien", teilte ihm der Labor-Mitarbeiter mit.

„Hm, wem die wohl gehören könnte", brummte Gerber.

Die Untersuchungen waren noch nicht ganz abgeschlossen.

„Für einen präzisen Tatverdacht fehlt es uns an Fakten, aber wir wollen noch nicht aufgeben" sagte der junge Mann zu Gerber.

„Rufen Sie mich doch morgen noch einmal an, dann kennen wir möglicherweise weitere Einzelheiten." Gerber bedankte sich bei ihm und fuhr zurück nach Tutzenbach.

Gerber hatte Rosa gebeten, sich im Ort und in den sozialen Medien eingehend über die Familie Moosberger zu informieren. Ihre Notizen fand er auf seinem Schreibtisch: Karl hatte die Landwirtschaftsschule in Otterbach besucht. Er war kein schlechter Schüler gewesen und wollte den Bauernhof auf alle Fälle weiterführen. Nach dem Bundesheer war er zurück auf den Hof gegangen, auch wenn sein Vater das gar nicht gerne gesehen hatte. Im Dorf erzählte man, der Alte fühlte sich von seinem eigenen Sohn beobachtet und hätte ihn gerne vom Hof verdrängt. Franz, der jüngere Bruder, hatte gerade die letzte Klasse der Handelsschule in Ried abgeschlossen und Sabine besuchte die Hauswirtschaftsschule in Mauerkirchen. Notburgas Eltern waren schon vor langer Zeit gestorben. Sie besaßen ein kleines Sacherl mit etwas Landwirtschaftsgrund, das von Notburgas Bruder zu einem schönen Wohnhaus umgebaut worden war.

Vom Mordopfer war im Internet nichts zu finden gewesen. Im Dorf hörte man allerdings viele gruselige Geschichten.

KAPITEL 8
Donnerstag, 11.Juni, 10:00 Uhr

Das Begräbnis von Karl Moosberger war keine großartige Sache. Der kleine Friedhof, der sich im Ortszentrum gleich hinter dem Pfarrhaus befand, war von zwei Seiten mit Trauerweiden eingekreist. Wie passend! Die alte Kirche, im gotischen Stil erbaut, hatte wunderbare bunte Fensterbilder und galt weit im Umkreis als bauliches Kleinod. Der Innenraum war mit einem alten Fresko geschmückt, der Altar von einem berühmten Holzbildhauer gefertigt. Viele Besucher von nah und fern kamen in das Dorf, um diese ungewöhnlich schöne Kirche zu besuchen.

Die Familie des verstorbenen Bauern hatte sich im Aufbahrungsraum zur Verabschiedung versammelt und einige Trauergäste aus dem Dorf waren auch anschließend mit am Grab. Es waren vorwiegend die Alten, die schon die Eltern des Verstorbenen gekannt hatten. Elisabeth und Herbert waren als Nachbarn ebenfalls da, obwohl Herbert sich anfangs ordentlich gesträubt hatte mitzugehen. Es gehörte sich eben, dass man dem Nachbarn die letzte Ehre erwies; auch wenn der Bauer allgemein unbeliebt war und bei seiner Familie als richtiges Scheusal gegolten hatte.

Die Begräbnis-Zeremonie war einfach und vom Pfarrer kurz gehalten, nur das Notwendigste halt. Dabei hat die Kirche eine wunderbare Orgel, die ihren Klang durch das Kirchenhaus sendet und so manchen Spaziergänger für einige Augenblicke innehalten lässt, um die wohlklingenden, sakralen Töne zu genießen.

Als der schmucklose Fichtensarg in die ausgehobene Grube versenkt wurde, gab es keine einzige Träne. Keine

Kapelle spielte auf, keine Grabreden von irgendwelchen wichtigen Leuten wurden gehalten. Die Familie stand vor dem Sarg und blickte starr darauf, so, als wollten sie sichergehen, dass nicht doch noch mal der Deckel aufgehen und der Bauer wieder herausspringen würde. Niemand warf Blumen in das offene Grab. Es gab keine einzige Kranzspende. Die dazu passende Stille am Friedhof empfanden alle als gespenstisch, selbst die Blätter der alten Birke und die Zypressen in der Mitte des Friedhofs hielten sich ganz ruhig, kein Ast bewegte sich. Auch sonst war es im wahrsten Sinne totenstill, kein Vogel zirpte, keine Katze miaute. Die frostige Stimmung hatte sich augenscheinlich von den spärlichen Begräbnisbesuchern auf die gesamte Umgebung ausgebreitet. Trotzdem konnte man das Gefühl nicht loswerden, dass der Bauer noch mitten unter ihnen weilte. Einige der anwesenden Trauergäste begannen zu frieren. Sie steckten die Köpfe zusammen und sahen die Familie mit verstörten Blicken an. „Was moanst, hat sie eahm umbracht?" Die Kreszenz vom Bernerhof flüsterte leise. „Na, do ned!", gab ihr Beate, die neben ihr stand, entsetzt zur Antwort. Dann blickten die beiden, im Dorf sehr bekannte Obertratschen, ein wenig skeptisch zu Notburga. Elisabeth hakte sich bei ihrem Mann ein, als suchte sie vor etwas Schutz. Kurz hatte sie das Gefühl, dass sich ihr Mann gegen ihre körperliche Nähe wehren wollte. Sie warf ihm einen nervösen und fragenden Blick zu.

Hinter einem der Grabsteine in der zweiten Nebenreihe stand ein junger Mann, der wohl indirekt am Begräbnis teilnahm und alles beobachtete, aber anscheinend nicht auffallen wollte. Am Ende der Trauer-Zeremonie war er verschwunden. Der Inspektor hatte am Begräbnis, unauffällig an der Friedhofsmauer lehnend, teilgenommen. Ein tiefer Seufzer entwich seiner Brust. Er betrachtete die einzelnen Teilnehmer sehr genau, dabei fiel auch ihm der junge Mann hinter dem Grabstein auf. Er kannte ihn nicht, schrieb gleich einen Vermerk in sein Notizbuch. Noch immer machte er sich Notizen in seinem kleinen Buch, obwohl es doch schon lange Handys mit Diktierfunktion gab. Er konnte sich mit den modernen Techniken nicht so richtig anfreunden, obwohl die Arbeit für ihn damit sicher um einiges leichter wäre.

Die Familie fuhr nach der Beerdigung sofort nach Hause, es gab keine Totenzehrung, denn es wären doch nur wieder die alten Geschichten erzählt worden. Alle Familienmitglieder gingen einfach wie gewohnt ihrer täglichen Arbeit nach, so als sei nichts passiert.

Auch Gerber verließ seinen Beobachtungsposten. Ein wirklich Tatverdächtiger war weit und breit nicht zu erkennen, außer die Familie. Aber irgendwie hatte Gerber das Gefühl, die können es nicht gewesen sein. Vielleicht kam der unbekannte junge Mann vom Friedhof in Frage? Oder hatte der Bauer mit jemandem eine offene Rechnung zu begleichen? Gerber ließ sich diese Gedanken durch den Kopf gehen und wusste, dass jetzt viel Arbeit auf ihn und sein kleines Team zukommen würde.

Vor dem Friedhof traf Gerber auf Josef Berger, den alten Mesner. Sie begrüßten einander und Gerber fragte ihn, ob er Zeit hätte, ihm über die Familie Moosberger etwas zu erzählen. Josef Berger, ein kleiner runzeliger Mann mit traurigen Augen, war schon viele Jahrzehnte im Dorf und hatte auch den Vater von Karl Moosberger gekannt. Ehe er zu sprechen begann, musste er sich ordentlich schnäuzen, wobei sein Gebiss gefährlich wackelte.

„Ja, ja, da oide Moosberger is a äußerst brutaler Mann gwesn. Der hat mit seina Faust alle fest im Griff ghabt und ned gwart, sondern glei des oane oder andere Mal gscheid zuagschlagn, egal, ob es de Familie, de Magd oda da Knecht war. Da kloane Karl und ah seine Gschwista habm a schwars Los zum Tragn ghabt. Sei Frau hat eahm sechs Kinder geborn. Aba ah sie war de Grobheitn vom Bauern ständig ausg'setzt. Wann da kloa Karl wieda mal grün und blau gschlagn schreiat zur Muatta in d'Stubn grennt is, dass sie eahm b'schützt, hats'n doh nur a weng tröstn kinna. Manchmal war sei kloana Körper über und über voi mit blaue Fleckn. Jede Bewegung hatn höllisch gschmerzt. Sei Muatta hat dann kalte Tüacha auf d'Haut glegt, aba de habm nur gegn de Schmerzn aufm Körpa g'hoifn. Innen drin war er wia a Stoa. Mit zwölf Jahr war sei Gesicht vahärmt und er hat scho lang koane Bewal mehr vagossn."

Josef Berger wischte sich mit seinem schmutzigen Taschentuch, das kein besonders appetitlicher Anblick war, über die Stirn und fuhr fort:

„D'Muatta vom Karl is vui z'bald gstorbm und hat ihre Kinda vor de bestialischn Attackn vom Vater nimma schützn kinna. Da Karl hat si dann meistns an seine Schuilkollegn und an de Viecha abreagiert. Er is a richtiga Sadist wordn, hat jeds Viech bis zum Tod quält und se mit seine Mitschüla prügelt, wann oiwei des ganga is. De kloanste foische Bemerkung oder Bewegung war fürn Karl a Grund sofort zua z'schlagn. Er hats dahoam ja ned anders gsehgn. Ois da Älteste vo de Gschwista war er der Hoferbe. Seine zwoa Schwestern sand scho in junge Jahrn an da Schwindsucht gstorbn. Der zweite Bruder is mit siebzehn wegn schwera Körperverletzung

ins Gefängnis kemma. Der is aba ah inzwischen gstorbn, und da Florian, da jüngste Bruada, is ins Kloster ganga. Vo dem hab ih scho lang nix mehr gheart. Nedda da Konrad war nuh am Hof, der is halt schon vo Geburt an a weng seltsam gwesn. De Schläg vom Vata während da Muatta ihra Schwangerschaft habm für eahm a normales Lebm kaputt gmacht. Da Karl hatn nach der Hofübernahme in a Behinderteneinrichtung gsteckt, die hat er nur mit Widawuin zoiht. Der is nu oiwei dort und da Konrad hat da koa sches Lebm. ‚Für so an Idioten so vui Geld ausgebm is ja lächerlich', war am Karl sei Einstellung."
Leicht erschöpft hielt der Mesner in seinen Ausführungen inne und nickte sich selbst zur Bestätigung seiner Erzählungen zu.
„Da Karl war oanazwoanzg, wia sei Vata an am Freitag spat auf d'Nacht, wieda amoi voi angsoffn, mitm Traktor vom Wirtshaus hoamgfoahrn is. Es hat stark gregnt und de Straßn warn ziemli glitschi. Bei da letztn Kurvn vor da Hofeifahrt is da Traktor vo da Straßn g'rutscht, hat se übaschlagn und is im Bachbett aufm Dach liegn bliebm. Erst am nächstn Tag in da Fruah habms an Bauern gfundn. Er is dasoffn. Da Karl war üba des Unglück ned bsunders traurig.
Nachat hat er in Hof übernumma. Hat ned lang dauert und er is zum gleichn Tyrann wia sei Vata wordn. Er hat an jedn schikaniert, der eahm im Weg gstandn is. Da alte Hofhund, der jahrelang an da Kettn ghängt is, hat se eines Tages losgrissn und wia da Karl mit seine schwarn Stiefel übern Hof ganga is, is des malträtierte Viech auf eahm los und hat se in sein Unterarm vabissn. Da Karl is eiskalt bliebm, hat seelenruhig sei Jagdmessa gnumma und des dem Hund in Hals grennt. Ohne an Muxa hat er des tote

Viech weggrissn und in a Gruabm eineghaut. Ja, ja, des ois is a furchtbar traurige Gschicht", endete der Mesner seine Ausführungen. Gerber schüttelte schockiert den Kopf und dankte dem alten Mann für die detaillierten Informationen.

Morgen würde er nochmals zu der Familie fahren und jedes Familienmitglied einzeln befragen.

KAPITEL 9
Donnerstag, 11. Juni

In der Stadt befand sich in einem Bürogebäude des äußeren Stadtviertels, welches schon ziemlich in die Jahre gekommen war, unter vielen kleinen Firmen, auch das Büro von Rechtsanwalt Dr. Rudi Teichmann. Er war weitum bekannt als ziemlich skrupelloser Anwalt, der jeden noch so schrägen Schachzug kannte und auch anwendete, um seine Klienten vor einem Gefängnisaufenthalt zu bewahren. Alle Typen aus der Unterwelt, zwielichtige Geschäftsmänner, Zuhälter, Dirnen oder Drogensüchtige kannten seine Adresse. Mit Alois verband ihn schon die Zeit, als dieser noch mit Gilbert das Hurenhaus „La Boheme" am Bahnhof geführt hatte. Und immer wieder kreuzten sich ihre Wege. Erst vor kurzem hatte Alois diese total verkorkste Idee, am Bauernhof seines vor kurzem aufgetauchten Vaters eine Destillier- und Mischanlage für bestimmte Kräuter zu betreiben. Eine Abfüllanlage für die Drogen hatte er bestellt und einige Illegale zum Verpacken warteten schon auf seinen Anruf. „Wirst sehen", meinte Alois zu Teichmann „das wird eine tolle Sache. Wenig Aufwand, und schon läuft der Laden."
Sie hatten sich in Dr. Teichmanns Büro getroffen. Alois übergab ihm einige Unterlagen.
„Rudi, das wird das Geschäft meines Lebens. Ich sag es dir, in diesem Kuhdorf herrscht absolute Einsamkeit. Keiner kontrolliert dort. Ich hab schon mit dem Karl gesprochen. Er ziert sich zwar noch etwas, aber wenn er nicht spurt, dann weiß ich schon, wie man störrische Esel gefügig macht. Aber ich bin mir sicher, sobald er die Dollars rollen sieht, zieht er gerne mit." Alois war

voll Euphorie und hatte ein ganz eigenes Leuchten in den Augen. Dr. Teichmann hörte ihm still zu, lachte in sich hinein und meinte zu sich ,Und ich auch mein Freund, ich auch!' Er hatte sowieso bei allen Verträgen seine Finger mit im Spiel.

Nachdem Alois gegangen war, machte sich Dr. Teichmann noch über einige Akten her. Gegen zehn Uhr abends war er fertig und verließ sein Büro. Er musste noch einen alten Freund besuchen, der ihm etwas schuldig war. Er fuhr mit dem Wagen in Richtung der alten Wohnhaussiedlung am Stadtrand. Viele seiner Kunden waren dort zu Hause. Als er einen Parkplatz gefunden hatte, nahm er seine Aktentasche und ging über den Wiesenstreifen und den Kinderspielplatz zu den alten Schachtelbauten. Hässliche Graffitis verunstalteten die Hausmauern. Dr. Teichmann bewegte sich auf einen der Durchgänge zu, die jeweils zwei Wohnblöcke miteinander verbanden. Dieser Bereich war dunkel und voll Gestank. Obwohl die Stadtverwaltung einmal in der Woche mit einem Hochdruckreiniger die Abfälle beseitigte, herrschte wenige Tage später wieder derselbe Zustand. In der Mitte dieses Durchganges hörte Teichmann im Finstern jemanden atmen.

„Hast du was für mich?", krächzte es aus dem Dunkel.

„Nein!"

„Einen Zehner? Ich brauch was!"

„Nein! Ich bin's, Teichmann!"

Und sofort war es still. Das Dunkel der Nacht hatte den Sprecher eingehüllt. Teichmann hörte einige Kieselsteine auf dem Asphalt rollen. Sein Name half hier immer. Jeder kannte ihn. Trotzdem bekam er immer wieder eine leichte Gänsehaut, wenn ihn einer der Junkies im Dunklen ansprach. Gerade wollte er weitergehen, da spürte er eine eiskalte Hand entlang seiner Schulter in Richtung Hals streichen.

„Ah, Teichmann, altes Haus. Was machst du hier? Bist immer willkommen", hauchte ihm die Person mit stinkendem Atem ins Ohr. Diese Stimme kannte er.

Vor Teichmann tauchte das blassgelbe Gesicht von Hubert Schneeberger, genannt Hubschnee, auf. Der war seit seinem sechzehnten Lebensjahr auf starken Drogen und einer der ganz Schlimmen in der Szene. Seine Drogensucht hatte ihm schon einen Fuß gekostet. Er hinkte mit seiner Prothese über die Straßen. Bei ihm wusste Teichmann, dass er ihm mindestens einen Hunderter geben musste. Es gab da auch überhaupt kein Debattieren. Dafür bekam Teichmann immer wieder wertvolle Insider-Tipps von ihm. Hatte Hubschnee den Schein in Händen, tauchte er auch sofort wieder ab.

Jetzt beeilte sich Teichmann, aus dieser dunklen Ecke hinauszukommen. Am Haupteingang von Block B, läutete er bei Jens Kleber. Wenig später hörte er den Summer und die Türe öffnete sich. Teichmann betrat das Haus. Die Mauern im Stiegenhaus waren voll Schmutz, Müll und anderen grausigen Gegenständen. Vor einer der Türen stand ein Kübel voll schmutziger Windeln, aus denen eine Menge Schmeißfliegen aufflogen. Es roch stark nach Urin, Schweiß, Waschpulver und sonstigen üblen Gerüchen.

Dr. Teichmann bemerkte diese Dinge schon lange nicht mehr, er wollte nur seine Geschäfte erledigen. Er drückte an der Klingel von Türe 3 und wartete. Als die Türe geöffnet wurde, kam süßlicher Rauch aus dem Raum. Teichmann zog die Türe rasch hinter sich zu. In dieser Wohnung war alles vollgeräumt mit Zeitungen, leeren Pizzaschachteln, Kübeln voller Zigarettenstummeln. Jens

Kleber, ein Mittvierziger, war mit einer schwarzen Jogginghose und einem T-Shirt, auf dem man alle Speisen der vergangenen Tage erkennen konnte, bekleidet. Er empfing Teichmann inmitten des Wohnzimmers vor einem riesigen Holztisch, auf dem sich alles Mögliche türmte.

„He Teichmann, was brauchst?", krächzte Kleber zur Begrüßung. Seine Stimme war belegt vom vielen Alkohol und den starken Zigaretten.

„Jens, ich habe wieder mal einige Dokumente zu bearbeiten. Weisst eh!" Gleichzeitig räumte Teichmann einige Papiere aus seiner Tasche und legte diese auf den Tisch.

„Preis wie immer", gab Jens zu verstehen und hielt die Hand auf. Teichmann gab ihm einen Umschlag. Nachdem Jens die Scheine gezählt hatte, steckte er den Umschlag samt Inhalt in eine der Schubläden des Kastens und sagte: „Ok, wird vierzehn Tage dauern. Dann kannst du alles abholen!"

Genau in diesem Moment blitzte es vor der Türe zur Terrasse grell auf, die Scheibe wurde eingeschlagen, und gleichzeitig stürmten mehrere Personen in den Raum.

„Polizei! Die Hände hoch, sofort!", brüllte einer der Kobra-Beamten und richtete seine Waffe auf die im Raum befindlichen Personen. Teichmann wollte sich umdrehen und durch die Eingangstüre weglaufen, aber es war zu spät. Er hob seine Arme und sagte zugleich beschwichtigend zu dem Beamten „Dr. Teichmann, Rechtsanwalt und Beistand von Jens Kleber. Ich bin zu Besuch wegen eines Klientengespräches", kam schlagfertig seine Antwort. Es war nicht das erste Mal, dass Teichmann verhaftet worden war bzw. mit einer schon länger in Verdacht stehenden Person in Kontakt stand. Aber er konnte sich immer wieder aus jedem Schlamassel befreien. Auch dieses Mal gab es keine Beweise dafür, dass Dr. Teichmann in ein Verbrechen verwickelt war. Seine Handschuhe hatte er bisher nicht ausgezogen und somit auch keine DNA auf irgendeinem Gegenstand hinterlassen. Nach Überprüfung der Personalien wurde Dr. Teichmann entlassen und Jens Kleber in Handschellen abgeführt. Man war Kleber schon länger auf der Spur. Die Behörden in Italien hatten einen seiner gefälschten Pässe in die Hände bekommen. Seine Handschrift war unverkennbar. Es war selbstverständlich, dass Dr. Teichmann Jens Kleber als seinen Mandanten vertreten würde. Teichmann brauchte ihn. Kleber war einer der besten Urkundenfälscher im weiten Umkreis. Seine Dokumente waren derart echt, dass es so manchem Beamten schier unmöglich war, eine Fälschung zu erkennen, geschweige denn nachzuweisen. Für einen Mann wie Dr. Teichmann und seine Klienten war das eine sehr wertvolle Unterstützung. Teichmann lief rasch zurück zu seinem Wagen und fuhr eilends nach Hause. Er hatte nicht bemerkt, dass ihm schon seit dem Verlassen seines Büros ein dunkler Wagen in dezentem Abstand folgte.

KAPITEL 10
Freitag, 12. Juni, 09:00 Uhr

Am Tag nach dem Begräbnis fuhr am Vormittag ein dunkler großer Wagen, so eine Protz-Limousine, auf den Hof des verstorbenen Bauern. Ein jüngerer Mann in Jeans und Karo-Hemd, mit einem Dreitagesbart und einem hellen Strohhut auf dem Kopf, stieg aus dem Wagen. Er hatte eine Ähnlichkeit mit dem verstorbenen Bauern. Das war Alois. Leichter Stallgeruch nach frischem Gras, Kuhmist und Gülle umwehte den Platz. Aus dem Stall hörte man die Tiere scharren und wiederkäuen. Alois ging festen Schrittes in Richtung Bauernhaus. Dort klopfte er an die Türe und trat, ohne auf eine Antwort zu warten, gleich frech in die Stube ein. Da er niemanden antraf, sah er sich genauer um. Links in der Stube aus hellem Lärchenholz stand der große, eichene Esstisch mit den Bänken und drei Sesseln, in der Ecke darüber war der Herrgottswinkel, geschmückt mit frischen Margeriten. Über der Türe hing eine alte Kuckucksuhr, die ihr regelmäßiges Ticken in die Stille der Stube sendete. Die Fenster waren sauber geputzt und von hellroten Vorhängen umrahmt.
Die Sonne fiel wärmend durch die Fenster und machte den Raum hell und freundlich. Rechts befand sich ein riesiger Kachelofen mit grünen Kacheln. Auf einzelnen Motiven waren Jagdszenen dargestellt. Rund um den Ofen gab es eine breite Bank mit einigen Polstern. Es war eine sehr gemütliche Ecke.
Vor dem Essplatz stand eine große Kredenz aus hellem Holz mit Glastüren im oberen Teil. Darin war eine ganze Menge feingeritzter Gläser und Porzellan zu sehen, säuberlich in Reih und Glied aufgestellt. An der Wand neben

der Türe hingen einige Bilder und Fotografien. In diesem Moment kam Karl herein. Er war erschrocken, als er den Fremden in der Stube fand.

„Was machst du da!", fuhr er ihn schroff an. Der junge Mann drehte sich zu ihm, nickte freundlich und sagte: „Servus, ich bin der Alois. Ich habe diesen Hof vom Bauern geerbt".

Der junge Bauer sah den Fremden ungläubig an. Alois und Karl schienen etwa gleich alt zu sein, auch ihre Staturen, klobig und derb, ähnelten sich.

„Was hast g'sagt?", fragte der junge Bauer mit gerunzelter Stirn nochmals scharf, nachdem er sich vom ersten Schock erholt hatte. Er richtete sich in voller Größe auf, stemmte die Fäuste in die Hüfte und blickte den Burschen von oben bis unten an.

„Der alte Bauer, unser Vater, hat mir das Testament mit der Erbschaft übergeben. Schon vor einiger Zeit! Tut mir leid für euch alle. Am Freitag ist die Testamentsverlesung mit dem Notar. Wir kommen alle hierher. Ich wollte mir halt schon mal mein neues Zuhause ansehen. Fesch habt ihr es hier, wirklich fesch!", gab Alois mit einem seltsamen Lächeln von sich und ging langsam quer durch die Stube. Karl verfolgte stumm und mit offenem Mund jede einzelne Bewegung dieses unverschämten Burschen. Der will wohl Unruhe stiften, wie kommt er dazu, den Hof erben zu wollen. Wer war er überhaupt? So kreisten die Gedanken wirr in seinem Kopf herum. Karl war jetzt nicht in der Lage, sich ein klares Bild von dem fremden Mannsbild zu machen. Sein Blutdruck begann zu steigen, in seinen Händen spürte er ein unruhiges Ziehen. Alois ließ Karl nach einigen Minuten stehen und ging schließlich ohne weitere Worte aus der Stube über den Hof hinüber zum Stall. Dort konnte man am Boden des Vorplatzes noch genau die Umrisse jener Stelle erkennen, wo der Bauer gelegen hatte. Das Blut hatte sich durch einige Regenschauer inzwischen fast ausgeschwemmt. Alois blieb kurz stehen und sah emotionslos auf die dunkle Stelle. Im Stall herrschte Stille. Die Kühe lagen oder standen in ihren Boxen und kauten ruhig vor sich hin. Einige muhten, einige scharrten mit den Hufen in der Streu. Dort traf er auf Notburga, die gerade bei den Milchkannen hantierte.

„Servus", sagte er auch zu ihr, „ich bin der Alois und habe den Hof vom Bauern geerbt."

Die Bäuerin hob den Kopf und sah ihn an, als wäre er gerade aus der Klapsmühle entsprungen, nahm seine Worte nicht wirklich wahr, schüttelte den Kopf und machte mit ihrer Arbeit weiter.

„Wer bist, was willst da?", zischte ihn die Bäuerin nach wenigen Sekunden noch einmal in rauem Ton an.

Der Alois ging grinsend, ohne ihr zu antworten, durch den Stall und durch das rückwärtige Tor auf die Weide hinaus, was von der Bäuerin mit argwöhnischen Blicken verfolgt wurde. Man hatte von hier einen herrlichen Blick über das ganze Tal. Es war Frühsommer und die Luft war klar und rein. Von weitem waren die Berge erkennbar, die Gipfel noch mit dem Schnee vom letzten Winter bedeckt, der mit grauen und braunen Flecken, aufgeweicht vom Frühlingsregen und verfärbt von den durch den Wind vertragenen Umweltverschmutzungen, langsam zu schmelzen begann. Die sanfte Hügellandschaft mit ihren gelben und grünen Feldern bettete die einzelnen Häuser ein. Aufgelockert durch kleine Wäldchen, vereinzelte Obstbäume und einige alte Eichen und Linden, die mit ihren riesigen Kronen die besten Schattenspender waren, konnte man in der Ferne die Nachbarhöfe erkennen. Ein leichter Dunstschleier schwebte über den Hügeln. Wandte man sich nach rechts, war hinter einem Hügel die Kirchturmspitze des Dorfes zu sehen. Ja, das war ein sehr schönes Fleckchen Erde, kam es Alois in den Sinn und er ging zufrieden zurück in den Hof. Hier konnte er, sicher unbemerkt und ohne Skrupel, seinen künftig geplanten Tätigkeiten nachkommen. Auf dem Weg zum Auto sah er hinter dem Fenster der Bauernstube Karl, dahinter stand wohl noch jemand. Er konnte aber nicht erkennen, wer es war. Er stieg ins Auto, winkte provokant in Richtung Fenster und fuhr dann durch das Hoftor hinaus auf die Straße zum Dorf.

13:00 UHR

Der Inspektor fuhr mit Rosa am Nachmittag zum Bauernhof. Man hatte das Gefühl, dieser sei völlig verlassen. Kein Geräusch, keine Tätigkeit der Bauernfamilie war zu vernehmen. Rosa und er stiegen aus dem Wagen. Gerber öffnete wegen der ansteigenden Hitze den obersten Knopf seines Hemdes und betrachtete stirnrunzelnd die Umgebung. Komisch, dachte er sich, dass niemand zu sehen ist. Dann gingen sie auf das Bauernhaus zu und bemerkten gleich beim Betreten, dass im Haus enorme Unruhe herrschte. Schon im Vorhaus hörten sie heftige Diskussionen aus der Stube. Da drinnen schien es ordentlich zur Sache zu gehen. Gerber und Rosa sahen durch einen Türspalt Karl über den Tisch gebeugt vor seiner Familie stehen, die er laut anschrie. Er glich seinem Vater aufs Haar, zornig, trotzig und äußerst gewaltbereit. Besonders Franz bekam sein Fett ab. Karl hasste seinen Bruder, diesen Schwächling. Franz war einer, der nie raufte, nie trank, sich nie lautstark bei anderen durchsetzen konnte. Karl hätte ihn am liebsten vom Hof gejagt. Der brachte nichts. Er konnte aber auch nicht zugeben, dass Franz durch seine Klugheit schon viele Dinge erfolgreich erledigt hatte, weil er eben nachdachte, ehe er ausrastete. Die beiden Brüder waren so unterschiedlich wie Stier und Hase.

Niemand von der Familie hatte das Eintreten des Inspektors und seiner Assistentin richtig wahrgenommen, bis Karl kurz den Kopf hob. In seiner Rage erkannte er den Inspektor nicht gleich und schrie ihn an:

„Was willst denn da, des ist privat. Scher di raus!" Gerber nahm seine Dienstkappe vom Kopf, warf die Türe laut von innen zu und machte keine Anstalten zu gehen. Rosa blieb an der Türe stehen. Karl hob noch einmal den Kopf und erkannte erst jetzt die beiden Personen; er gab dem Rest der Familie zu verstehen, dass alle schweigen sollten. „Was ist hier los?", fragte der Inspektor ruhig, der ob der präsenten Aufregung neugierig geworden war. Die Familie setzte sich rund um den Tisch und schwieg trotzig. Jetzt wurde es dem Inspektor zu bunt.

„Wenn ich nicht auf der Stelle eine Antwort erhalte, dann nehme ich Sie alle mit aufs Revier. Sie behindern die polizeilichen Ermittlungen. Haben Sie mich verstanden!", schrie Gerber zornig in die Runde, sein Gesicht färbte sich rot. Gleichzeitig schlug er mit der flachen Hand auf den Tisch. Die ganze Familie erschrak und betretenes Schweigen erfüllte jetzt die Stube. Rosa riss ihre Augen auf. So hatte sie ihren Chef noch nie erlebt. Dann begann Notburga zögerlich zu berichten:

„Heut vormittag hamma Bsuach ghabt, von an Fremdn aus da Stadt. Er hat da herin überall umadum gschnüffelt und gmoant, er is da Hoferbe. Des ist ja echt da Gipfel! Jahrelang habm mia uns abigschuft, den Altn und seine Grausamkeiten ausghaltn, und dann kommt oana, a völlig Fremda, daher und will uns des wegnehma. Des is unsa Dahoam, unsa Lebm, ah wenns oft schwar war! Des gebm mia doh jetzt, wo da Alte endli weg ist, ned her!!" Zum Schluss war sie vor lauter Aufregung schon wieder lauter geworden. Ihr Kopf war rot angelaufen. Sie ballte die Fäuste, bis die Knöchel weiß hervortraten und biss die Zähne knirschend zusammen, dass man ihre Kiefer krachen hörte. Gerber ließ sich von Karl nochmals alle Einzelheiten über den mysteriösen Besuch erzählen.

„Rosa, schreib alles auf!", gab er ihr zu verstehen, obwohl bei ihr der Bleistift schon längst glühte.

Dann fragte er Notburga, ob sie wirklich nichts von einem außerehelichen Kind gewusst hatte. Sie schüttelte den Kopf und klopfte mit der Faust wütend auf den Tisch. „Wann er mia des ah nuh antan hat, ih woaß ned, was ih macha soi. Was werdns im Dorf sagn? De lachan ja so scho alle üba uns. War er ned scho tot, ih wurd eahm jetzt wirkli umbringa."

Tränen liefen über ihr verrunzeltes Gesicht, gezeichnet vom harten Leben, von wenig Liebe und den Sorgen um die Kinder, wenn der Bauer wieder mal vom Kirchenwirt angesoffen nach Hause gekommen war. Dann durfte niemand auch nur irgendein falsches Wort sagen. Schon fuhr seine Faust aus oder er kam mit einem Gürtel oder dem Ochsenzähm. Wenn sie sich eingemischt hatte, bekam auch sie brutale Schläge. Das ganze Dorf wusste von diesem Martyrium, die Schreie der Geschlagenen wurden oft vom Wind bis ins Tal getragen, aber niemand konnte oder wollte helfen. Würde man sie fragen, warum sie das alles jahrelang ausgehalten hatte, sie wüsste keine Antwort darauf.

Als sie Karl kennengelernt hatte, bewunderte sie seine Furchtlosigkeit und Stärke. Er war wild und niemand getraute sich gegen ihn zu sein. Sie war ein zierliches Mädchen mit langen braunen Haaren, das gerne Schutz in starken Männerarmen suchte. Er war der Erbe vom Sprenglerhof und dadurch eine besonders gute Partie. Durch die großzügige Mitgift, die sie zu erwarten hatte, war auch sie für den Sprenglerhof eine interessante Heiratskandidatin. Sie war damals sehr stolz, dass der Karl sie als seine Frau ausgewählt hatte, obwohl hinter vorgehaltener Hand immer wieder von den schweren Misshandlungen des alten Bauern erzählt worden war.

Ihre Freundinnen hatten sie alle beneidet. Als dann das erste Kind da war, glaubte sie noch immer an ihn, auch wenn es da schon die eine oder andere Ohrfeige gesetzt hatte. Dann waren die drei Kinder da und sie konnte den Hof nicht mehr verlassen. Niemand hätte ihr Unterschlupf gewährt. Hier am Hof galt zu dieser Zeit noch immer das Recht des Bauern. Er war der Herr und konnte über alles und jeden bestimmen. Alle wussten, dass auch er von seinem Vater schon für jede Verfehlung verprügelt worden war. Die Narben am ganzen Körper waren die sichtbaren Zeugen dieser Schläge. Von den Narben der Seele wusste niemand. Die Muster glichen und wiederholten sich, wie man leider feststellen konnte.

Gerber befragte in aller Ruhe jeden der Anwesenden einzeln nach dem Alibi zum Zeitpunkt des Mordes. Rosa saß auf der Ofenbank und notierte eifrig die Aussagen der einzelnen Personen.

„Ih war mit meim Freund in meim Zimma", meinte Sabine. Max bestätigte das mit einem zustimmenden Kopfnicken. Franz sagte „Ih war am spätn Nachmittag mit am Kumpel auf der Woad. Mia habm nach dem jungen Fohlen geschaut. Dann samma um achte ins Kino gefahrn. Gegn elfe bin ih hoam und glei ins Bett.

„Ja, ih woar nach da Jausn in da Stube und hab de Kostenrechnung für den neichn Traktor gmacht. Bin aber dann ah schlafn ganga", gab Karl zur Antwort.

Zeugen dafür gab es nicht.

Die Bäuerin war schon früh zu Bett gegangen. Sie hatte längst aufgehört, auf ihren Mann zu warten. Aber auch das konnte keiner bestätigen. Es hatte niemand etwas gesehen oder gehört. Man hörte zwar die Kuh im Stall brüllen, aber sie wussten, dass der Bauer es nicht wollte,

dass man ihm half. Als dann das Schreien der Kuh auf-
hörte, dachten sie, dass nun das Kalb da sei. Mit diesen
eher unbefriedigenden Aussagen musste der Inspektor
ins Büro zurückfahren.

„Ich weiß nicht, irgendwie ist das alles ein ordentlicher
Krampf", sagte Gerber beim Hinausgehen zu Rosa. Er
fühlte sich absolut nicht wohl.

„Chef, das ist ein zäher Fall. Da werden wir noch viele
Steinchen zusammentragen müssen." Rosa sah ihren
Chef stirnrunzelnd an. Ihr fiel im Moment keine andere
Antwort ein.

Gerber hatte das ungute Gefühl, dass noch etwas kommen
müsste. Aber was?

Kurz vor Dienstschluss nahm Gerber seine Jacke, schloss
das Büro ab und fuhr nach Hause. Heute wollte er sich mit
diesem Fall nicht mehr beschäftigen. Zu Hause angekommen, zog er seine Dienstkleidung aus, schlüpfte in eine
bequeme Hose und zog eines der ungebügelten T-Shirts
an, die alle im Schlafzimmer auf einer Bank, ungeordnet
auf einem großen Haufen gewaschener Wäsche, lagen.
Das mit der Wäsche war ihm ein ewiger Dorn im Auge.
Er warf immer den ganzen Haufen Schmutzwäsche in die
Waschmaschine, ohne diese nach Farben oder Wäsche-
grad zu trennen. Seine hellen Bekleidungsstücke hatten
daher alle einen einheitlichen Grauton.

Im Bad wusch er sich die Hände, dabei sah er in den
Spiegel. Ein schmales Gesicht mit Falten auf der Stirn
und um die Augen sah ihn an. Seine Haut war blass, der
Blick etwas müde. Wo waren die Jahre hingekommen, als
er noch als ein aufstrebender junger Polizist, mit vielen
Ambitionen und dem Glauben an das Gute ausgestattet,

seinen Dienst angetreten hatte. Jetzt war er abgebrüht und resignierte teilweise gegenüber dem menschlichen Tun. So viele sinnlose Morde, Gewaltdelikte und andere bösartige Taten hatte er erlebt. Es würde wahrscheinlich nie aufhören. Er fuhr sich mit den Fingern frustriert durch das langsam grau werdende, am Oberkopf schüttere Haar. „Ach, was solls", sagte er zu sich, „irgendwann ist dieser Fall gelöst und dann werde ich ein paar Tage ausspannen. Vielleicht gehe ich wieder mal fischen oder fahre in die Berge zum Wandern."

Er machte sich auf in die Küche, die nur mit dem Allernotwendigsten ausgestattet war: einem Herd, einem Kühlschrank, zwei Kästen für Geschirr und Töpfe. Die Möbel waren alt und abgestoßen. Er holte sich eine harte Wurst und schnitt sich ein Stück Brot vom Laib, der schon ziemlich altbacken war. Er sollte endlich mal einkaufen gehen, weil im Kühlschrank wirklich nicht viel zu holen war. Dann setzte er sich, nachdem er eine Flasche Bier geöffnet hatte, auf die Couch, schaltete das TV-Gerät ein und suchte nach den neuesten Nachrichten. Lange konnte er den Erklärungen der Reporter nicht aufmerksam zuhören, bald war er auf der Couch, leise schnarchend, eingeschlafen.

KAPITEL 11
Samstag, 13. Juni

Alois war in seine Stadtwohnung gefahren. Er stellte den Wagen in das Parkhaus und fuhr dann mit dem Aufzug in den 5.Stock der Wohnanlage, wo er eine große Penthouse-Wohnung sein Eigen nannte. Woher er das Geld hatte, entzog sich der Kenntnis aller, die sich für Alois interessierten: der Polizei, den gegnerischen Banden, auch seiner Mutter. Manchmal kam es sogar ihm komisch vor, mit so viel Talent für Wertvolles ausgestattet zu sein. Alois war kein Draufgänger, mit Poltern und Rasseln. Er hatte seine ganz eigene Art, Dinge anzugehen, die nicht gut nachvollziehbar war. Seit dem Vorfall im La Boheme war er Geschäftsführer im größten und angesagtesten Club des ganzen Bezirkes. Seine Handschrift war klar und ohne Kompromisse. Niemals hatte er an einen seiner Gegner selbst Hand angelegt. Dafür hatte er Olaf und Sven. Wenn jemand nicht spurte, kamen die beiden. Zuerst zu einem Aufklärungsgespräch mit anschließendem Warnzeichen, also Finger quetschen, Arm verdrehen oder blaues Auge. Half das nicht, gab es einen zweiten Besuch. Der war für den Übeltäter nicht mehr lustig. Und wenn das auch nichts fruchtete, kam es schon vor, dass der oder die eine oder andere plötzlich verschwunden war. So wie Dagmar, Alois' Superpferdchen, wie er sie genannt hatte. Sie war mit siebzehn Jahren aus Rotterdam abgehauen, schon damals mit Drogen in Kontakt gewesen und ein äußerst hübsches Mädchen. Alois hatte sich sofort in sie verknallt. Wobei das mit dem „Knall" wörtlich zu nehmen war. Er knallte ihr eine und sie tat, was er wollte. Zuerst mit ihm zu Hause, wenig später im Club mit allen männlichen

Gästen. Der Drogenkonsum war teuer. Alois gab Dagmar nur dann eine Dosis, wenn sie gefügig war.

Sie waren ein schönes Paar, bis Alois erfahren musste, dass Dagmar auch mit Emmerich, dem Schnösel aus Norddeutschland und gleichzeitig seinem größten Widersacher, ins Bett hüpfte. Damit nicht genug, plauderte sie auch Internas aus Alois' privatem Umfeld aus und machte somit ihn und seine Geschäfte äußerst angreifbar. Ein Aufklärungsgespräch mit Olaf und Sven brachte wenig. Wo Dagmar sich jetzt befindet, weiß niemand.

Alois setzte sich an seinen Schreibtisch, sah die Post durch und rief dann seine beiden „Verknaller" zu sich. Olaf, der Ältere, war ein Schrank von einem Mann, mit einem Brustumfang von 150 cm und Muskelbergen überall. Er betrat das Büro durch den Nebeneingang. Er trug ein schwarzes T-Shirt mit dem Aufdruck „Bestie" – wie originell! „Hallo Boss, Sven ist gleich da", gab er kurz von sich und stellte sich mit vor dem Bauch verschränkten Fingern vor eines der großen Terrassenfenster. Kurz darauf betrat Sven den Raum. Ein schmächtiges Bürschchen mit drei Flinserln im Ohr, Kaugummi kauend und einen Kopf kleiner als Olaf. Er war nur für die „Gespräche" zuständig.

„Passt auf, möglicherweise brauche ich euch demnächst auf meinem neuen Besitz auf dem Land. Macht euch mal schlau, wer Arbeit sucht und verschwiegen ist. Ich werde auch einige Leute von hier abziehen müssen." Die beiden nickten und machten sich wieder davon.

Alois erhob sich und öffnete eine der Terrassentüren. Dann sah er über das Land. Er hatte einen herrlichen Rundblick über die Stadt und das angrenzende Gebiet. Aber in seinem Kopf war Wildnis. Er musste jetzt an so viele Dinge denken, die er für seinen Einzug am Bauernhof benötigte. Und mit einem kleinen Lächeln dachte er an die plötzliche schicksalhafte Fügung, dass sein Vater tot war. Besser konnte es nicht laufen. Olaf und Sven waren schon einige Male am Bauernhof vorbeigefahren und hatten das Anwesen genau beobachtet. Ob einer seiner Burschen mit dem Tod des Bauern zu tun haben könnte? Das hätten sie ihm sicher erzählt. Er hatte ihnen dafür keinen Auftrag gegeben.

Am späten Nachmittag machte er sich wieder auf den Weg ins Dorf. Er hatte noch einiges zu erledigen.

KAPITEL 12
Montag, 15. Juni, 10:00 Uhr

In der Stube des Sprenglerhofes herrschte eisiges Schweigen. Sogar die Sonne hatte sich hinter einer großen Wolke verzogen. In der Stube saß der Notar mit den Papieren vor sich am Tisch. Er war ein untersetzter, korpulenter Mann, trug eine Brille auf der Nase und dahinter zeigten sich kleine Knopfaugen, die einen mit stechendem Blick maßen. Er schwitzte bei jeder Bewegung und wischte ständig mit einem Taschentuch über seine Stirn. Der Hemdkragen, an dem der oberste Knopf offenstand, zeigte schon dunkle Flecken vom Schweiß und auch seine Krawatte hatte er nicht mehr korrekt gebunden. Er wartete, bis die beiden Männer, Alois der Hoferbe und dessen Rechtsanwalt Dr. Teichmann, wieder zurück in der Stube waren. Auch der Inspektor war zugegen. Er hatte sich ohne Aufforderung eingefunden, weil er sich die folgenden Minuten und Szenen nicht entgehen lassen wollte. Als schließlich alle in der Stube waren, begann der Notar das Testament vorzulesen.

„Ich lese Ihnen nun das Testament von Herrn Karl Moosberger, Besitzer des Sprenglergutes in Tutzenbach, vor", begann er. Darin war niedergeschrieben, dass Alois Körner, der ledige Sohn des verstorbenen Bauern, den gesamten Hof mit allen dazugehörenden Tieren und sonstigen Liegenschaften erben solle.

„Ich bin von meiner Familie regelmäßig ignoriert und schlecht behandelt worden", hatte der Bauer am Schluss noch dazu geschrieben. Das habe ihn zu diesem Handeln gezwungen.

Als der Notar das ganze Testament vorgelesen hatte,

fuhr Notburga wie von der Tarantel gestochen hoch und schrie den Notar an:
"Des is des Danksche für de Schläg, de mia eingsteckt habm. Der Hurensohn, was buildt er se ei. Ih werd den Hof nur tot valassn, nur tot, vastandn! Drauf kennts ihr alle Gift nehma!"
Gleichzeitig fuchtelte sie mit ihren Händen wild vor dem Gesicht des Notars herum. Mit diesen Worten, einem hochroten Kopf und einem hasserfüllten Blick, stürzte sie aus der Stube und knallte sämtliche Türen zu, die ihr in die Quere kamen. Draußen hörte man dann einen lauten heißeren Schrei. Keiner von den anwesenden Familienmitgliedern war über die richtige Ausführung von Testamenten unterrichtet. Und die in der Stube befindlichen Personen waren tunlichst bemüht, keine weiteren Erklärungen abzugeben. Karl saß mit zornigem Gesicht am Tisch und hatte die Hände zu Fäusten geballt.
„Da Vata hat also ah nach seim Tod nuh d'Oberhand", stellte er grimmig fest.
Er war bis in den Grund seiner Seele mit Hass gegen diesen brutalen Mann erfüllt. Wie sollte es denn weitergehen? In seinem Kopf begann es zu hämmern, weil er vor lauter Denken nicht wusste, was er jetzt machen sollte.
„Sie können natürlich dieses Testament anfechten. Es würde halt ein langer Prozess werden, und man braucht schon starke Nerven. Für eine Änderung des Testamentes gibt es aber keine Garantie", kam der Notar zum Ende der Testamentseröffnung. Dann schloss er den vor sich liegenden Akt und man hatte das Gefühl, dass er eilig den Raum verlassen wollte. Die Stimmung im Raum war hochexplosiv. Alois erhob sich ebenfalls, sah mit dämlich zuckendem, offenem Mund und einem leicht hochnäsi-

gen Blick in die Runde, sagte aber weiter nichts. Er ging schweigend hinaus. Sein Rechtsanwalt folgte ihm, zum Gruß nur mit dem Kopf in den Raum nickend.

Der Inspektor lehnte am Türstock und beobachtete alles mit Argusaugen. Jede Bewegung wollte er deuten. Man wusste ja nicht, ob es nicht doch einen verräterischen Hinweis auf einen eventuellen Täter gab. Franz und Sabine saßen noch immer regungslos am Tisch und stierten in ein Luftloch. Keiner konnte begreifen, was da gerade vor sich gegangen war.

Nach einigen Minuten verließ auch der Inspektor die Stube und ging in den Hof hinaus. Dort standen der Rechtsanwalt und Alois noch beim Wagen und diskutierten. Gerber ging zu ihnen und fragte beide, wie es jetzt weitergehen solle.

„Ja, ich werde auf den Hof ziehen, sobald die Familie ausgezogen ist. Ich wollte ja schon lange Bauer sein, jetzt kann ich es machen", antwortete ihm Alois, dabei hatte er ein komisches Grinsen auf den Lippen.

„Wenn aber die Familie nicht weggeht?", fragte Gerber nach. „Was wollen Sie dann machen?"

Alois hob zuckend die Schultern.

„Na, ich weiß nicht, vielleicht muss ich sie delogieren lassen? Das ist aber der allerletzte Schritt. Besser wäre es, wenn sie freiwillig gingen. Wie es scheint, hat der Bauer sie ja nicht gerade gut behandelt, aber dafür kann ich ja nichts. Ich werde deswegen nicht auf mein Erbe verzichten. Mein Vater hatte sich anscheinend von denen auch viel gefallen lassen müssen."

Der Inspektor konnte den Burschen nicht ganz einordnen. War er bösartig oder einfach nur eingebildet? Hatte er irgendwelche Absichten oder einfach nur Pech, weil diese Familie mit all den Problemen hier war. Er würde Rosa beauftragen, sich das Umfeld des jungen Mannes genauer anzusehen.

„Eine Frage noch," gab Gerber, schon im Gehen, an Alois weiter. „Von wem haben Sie eigentlich erfahren, dass der Bauer gestorben ist?" Dabei blickte er Alois direkt ins Gesicht. Der sah etwas unsicher seinen Rechtsanwalt an und meinte dann: „Ähm, ich habe ja einige Verbindungen ins Dorf. Da hat man mir von dem Unfall erzählt." Gerber vermerkte diese Antwort in seinem Notizbuch unter „Welche Kontakte?" und ging zum Wagen.

Elisabeth hatte sich heute freigenommen und war gerade damit beschäftigt, die verblühten Rosen im Garten wegzuschneiden, als ein großer dunkler Wagen in Richtung Bauernhaus angefahren kam. Elisabeth verfolgte das Gefährt mit großen Augen. „Wow, was für ein Schlitten", sagte sie zu sich. „Das wird wohl jemand vom Amt sein." Dann hörte sie das Zuschlagen einer Autotür. Sie war mit dem Schneiden der Rosen gerade fertig und kehrte die Einfahrt, als das nächste Auto vorbeifuhr.

„Na, da ist heute ein ganz schöner Betrieb", murmelte sie in sich hinein. Kurze Zeit später kam auch der Polizeiwagen mit dem Inspektor angefahren. Jetzt war Elisabeth aber doch neugierig und hatte plötzlich Lust, den Kirschbaum im hinteren Teil des Gartens zu besteigen. Sie nahm eine Leiter und lehnte sie an den Kirschbaum. Dabei ärgerte sie sich, dass sie immer diese dumme Gartenschürze umgebunden hatte. Die behinderte einen an sämtlichen Kletterbewegungen. Ungeduldig öffnete sie die Schnur um den Bauch und warf die Schürze zu Boden. Als Elisabeth oben war, stützte sie sich auf einen der dicken Äste und

konnte gerade sehen, wie zwei Männer um den Bauernhof herum in Richtung ihres Gartens marschierten. Einer
der Männer war in einen dunklen Anzug gekleidet, hatte
kurze Haare und eine Goldrandbrille. Der andere, ein junger Mann, trug Jeans, ein dunkles T-Shirt und Sneakers.
Sie schlenderten gemütlich über den geschotterten Weg,
erklärten einander anscheinend viel und fuchtelten mit
den Händen herum. Leider konnte Elisabeth nicht genau
verstehen, was gesprochen wurde. Einzelne Wortfetzen
flogen herüber: „… ich habe einen Anspruch darauf, …
meine Mutter hat wenig von ihm erzählt, … ich werde
das annehmen, …", und so weiter. Daraus konnte man
sich überhaupt keinen Reim machen, musste Elisabeth mit
zusammengekniffenen Augen feststellen. Als die Männer
schließlich um die Ecke gingen, wäre sie beinahe vom
Kirschbaum gefallen.

Nachdem sie von der Leiter gestiegen war, begann sie zu
grübeln, was das wohl zu bedeuten hatte. Im Dorf waren
Andeutungen gemacht worden, dass es anscheinend
einen unehelichen Sohn gebe. Auch von einem Testament
war die Rede. Elisabeths Freundin Cornelia, die Frau des
Bürgermeisters, hatte aber dazu auch keine interessanten
Details berichten können.

Am Abend erzählte sie Herbert von den beobachteten
Ereignissen beim Bauernhof. Er hörte ihr nur halbher-
zig zu, in der Arbeit war es wieder drunter und drüber
gegangen. Irgendwie tat er ihr ein wenig leid. Männer
sind manchmal so desinteressiert, wenn es Neuigkeiten
gab. So ein schreckliches Ereignis ist doch eine Diskussion
wert, oder nicht? Mit fragendem Blick sah sie Herbert an,
er sagte etwas fahrig zu ihr: „Komm Sissy, lass es gut sein.
Ich habe Hunger. Was gibt's zu essen?"

Dann drehte er sich um und ging aus der Küche in sein Arbeitszimmer. Elisabeth stand mit aufgerissenen Augen vor dem Herd. Er hatte sie Sissy genannt, wie sie das hasste! Ihre Mutter hatte sie auch immer nur Sissy gerufen, weil sie ein großer Fan der Sissy-Filme war. Deshalb hatten ihre Eltern, besonders Mama, Elisabeth diesen Namen gegeben. Jedes Jahr zur Weihnachtszeit konnte man an den Nachmittagen, an denen die Sissy-Filmen liefen, absolut nichts anders unternehmen, weil Mutter vor dem Fernseher hockte und jedes Mal Rotz und Wasser heulte. Nicht mal Papa wagte dann ein Machtwort zu sprechen. Wie sehr hätte sich Elisabeth einen weniger sperrigen Namen gewünscht, wie etwa Margit, Petra oder Clara. Sie erinnerte sich noch gut daran, dass ihr Vater einmal bei einem schrecklichen Schneesturm nach Hause gekommen war und die Küche kalt und aufgeräumt vorfand. Seine Frau saß gut eingehüllt in eine dicke Decke im Wohnzimmer und sah im Fernsehen „Sissy, Schicksalsjahre einer Kaiserin". Obwohl sie diesen Film sicher schon mehr als zwanzigmal gesehen hatte, liefen ihr immer noch Tränen der Rührung über die Wangen. Jetzt reichte es Elisabeths Papa. Er riss die Wohnzimmertüre auf und schrie erbost in die rührendste Filmszene: „Wenn nicht sofort ein warmes Essen auf dem Tisch steht, dann reiße ich die Schnur des Fernsehers aus der Wand und es hat sich „ausgesissyt". Hast du mich verstanden! So was gibt's doch nicht."

Seine Frau war erschrocken hochgesprungen. Sie war so verwirrt, dass sie nicht wusste, warum jetzt echte Tränen flossen. Wegen Sissy oder wegen ihres Mannes. Klein Elisabeth war aus ihrem Zimmer gerannt gekommen und hatte sich mit verschreckter Miene an ihrem Teddybären festgehalten.

Als diese Gedanken an die Vergangenheit wieder verflogen waren, machte Elisabeth sich weiter in der Küche zu schaffen.

Herbert kam ihr etwas verändert vor, sie wusste aber nicht, warum. Er war wahrscheinlich einfach überarbeitet und würde halt doch einmal Urlaub brauchen. Sie begann während der Vorbereitung der Jause wieder zu träumen. Eine Woche Italien oder vielleicht Griechenland, das könnte sie sich gut vorstellen. Eventuell wäre ja auch eine Mittelmeerkreuzfahrt schön, so wie die Frau Bürgermeister es gemacht hatte.

Die erzählte immer in den aller-sonnigsten Worten von diesen ach so tollen Reisen mit den gut aussehenden Animateuren und der exquisiten Gesellschaft. Sie erwähnte dabei aber nie, dass sie immer mit einer Freundin an Bord war, weil ihr Mann diese Urlaubsart zutiefst verabscheute und er zu Hause anderweitig Beschäftigung oder besser Ablenkung suchte, die möglicherweise auch amouröser Art sein durfte. ,Aber man will ja keine Gerüchte in die Welt setzen, die nicht sicher belegbar waren', sagte sich Elisabeth.

Sie ging mit dem Essenstablett auf die Terrasse, Herbert saß schon da, die Zeitung in der Hand.

„Was meinst du Schatz, sollten wir Urlaub machen?", versuchte Elisabeth gut gelaunt und in Flötentönen ihre Urlaubsgedanken vor Herbert auszubreiten.

„Was, Urlaub? Dafür hab' ich wirklich keine Zeit!", schnaubte Herbert sie an und griff gleichzeitig nach einer Scheibe Brot. Elisabeth schwieg betreten, sie hatte heute bei ihm mit dieser gut gemeinten Idee anscheinend keinen Erfolg.

11:45 Uhr

Als Gerber vor dem Polizeirevier aus dem Wagen stieg, verspürte er ein verräterisches Rumoren in seiner Magengegend. Er legte die mitgebrachten Unterlagen auf seinen Schreibtisch und machte sich auf zum Kirchenwirt. Er hatte Gusto auf ein saftiges Schnitzel. Die einladende Gaststube des Kirchenwirtes war mit einer dunklen Holzdecke, wuchtigen Holztischen und bunten Stoffbezügen auf den Sesseln und Bänken ausgestattet. Hinter der Theke spiegelten sich Unmengen von Gläsern, die Bier-Zapfsäulen glänzten messingfarben. Auf den Fensterbänken standen kleine Vasen mit bunten Sommerblumen, rot-weiß-karierte Vorhänge machten die Gaststube besonders freundlich. Es war eben ein richtig uriges und gemütliches Gasthaus, wo sich die Jungen und Alten am Stammtisch trafen und über alles und jeden diskutierten. Die Wirtsleute waren beide schon über fünfzig und zeigten das ausgemergelte Gesicht der Wirte, die sich viele Nächte um die Ohren geschlagen hatten. Aber sie waren immer lustig drauf und kochten typische deftige Hausmannskost. Am Stammtisch saßen gerade einige ältere Dorfbewohner und spielten Karten. Gerber grüßte sie mit einem Kopfnicken und setzte sich in eine der Nischen am Fenster. Er wollte sich konzentrieren und brauchte dafür Ruhe.

„Wirt, ein kleines Bier und ein Schnitzel, bitte!", rief Gerber in Richtung Schank, als er den Wirt hinter der Theke bemerkte. Wenig später brachte ihm dieser das bestellte Essen und das Bier. Dann nahm er eine Tageszeitung zur Hand und las zur Zerstreuung einige Artikel auf der Sportseite.

Nach einer halben Stunde ging die Tür auf und Karl kam mit einigen Burschen herein. Sie setzten sich an den Tisch neben der Schank und bestellten eine Runde Bier. Gerber sah durch die Schlitze der Holzverkleidung zu ihnen hinüber. Einige dieser jungen Bauernsöhne kannte er inzwischen ziemlich gut. Sie waren gerne bei so mancher Rauferei dabei. Karl begann zu den anderen zu sprechen. „Was glaubts, wia kinnan mia's angehn? Es soi halt nix auf uns deutn. Mia müassn genau abstimma, wer was macht, damit ned im letztn Moment was schiefgeht. Habt's ihr ois besorgt?"

Sie beugten sich verschwörerisch über den Tisch und flüsterten sich etwas zu. Gerber konnte nicht viel verstehen. Einmal meinte er zu hören:

„… es soi nur zua Abschreckung sei, klar!"

Dann tranken die Burschen ihre Gläser leer und verließen polternd das Lokal.

Die haben was vor, vermutete der Inspektor und sah ihnen mit gerunzelter Stirn durchs Fenster nach, wie sie mit den Autos auf quietschenden Reifen davonrasten.

15:00 Uhr

Rosa war im Büro und hantierte an der Kaffeemaschine. Sie konnte nicht verstehen, dass Männer immer die falschen Knöpfe drückten. Deshalb musste sie die Kaffeemaschine ständig neu justieren. Und immer war sie es, die das machen durfte. Sie dachte, dass Männer technisch so gut drauf sind, aber das war scheinbar nicht immer der Fall. „Mann, das gibt's doch nicht, schon wieder alles kaputt", schimpfte Rosa. Ihr Chef kam soeben, deutete nur einen kurzen Gruß an und warf sich in seinem Büro in den Sessel. Das Telefon läutete und Gerber sprach einige Minuten mit dem Anrufer. Während des Gesprächs kaute er an seinem Bleistift.

Dann legte er den Telefonhörer zurück und griff nach der vor ihm liegenden Liste aller Personen, die in diesem Fall außer der Familie involviert waren. Also der Alois, der Rechtsanwalt, der Notar. Vielleicht gab es dazu irgendwelche Hinweise, die Aufschluss beziehungsweise neue Verdachtsmomente ergeben konnten. Er rief Rosa zu sich, die ihm dabei helfen sollte und übergab ihr die Liste. „Rosa, schau dich mal im Internet um, was es über die Personen auf der Liste gibt. Aber alles heraussuchen, auch die vielleicht nicht so wichtigen Details. Und prüfe nach, ob möglicherweise einer von denen schon aktenkundig ist".

Gerber gab die Liste an Rosa weiter.

„Mach ich, Chef. Zur Person von Alois habe ich schon mit der Suche begonnen."

Rosa blinzelte ihrem Chef verlegen zu und blieb einen Moment vor ihm stehen, so als wollte sie noch etwas sagen. Sie trug einen etwas zu roten Lippenstift, aber Gerber war das nicht aufgefallen.

„Ist noch was?", meinte er und blickte sie etwas schärfer an. Mit rotem Kopf drehte sich Rosa um und verließ das Büro.

Morgen würde Gerber auch bei der örtlichen Bank vorbeifahren, um die finanzielle Situation der Verdächtigen zu erkunden. Eigentlich durfte man ja keine Auskünfte bekommen, aber er kannte den Bankdirektor seit seiner Schulzeit und der konnte ihm sicher inoffiziell einige Hinweise geben.

GSTANZL

A guada Wirt is vui wert,
A guade Wirtin gheart dazua.

Wei a sche eigschenkte Halbe,
Is alloa oft ned gnua.

Holladiridio, Holladrio
Holladiridio, was sagst denn da!

Kapitel 13
Dienstag, 16. Juni, 08:00 Uhr

Der Inspektor hatte zu Dienstbeginn Rosas Internet-Recherchen, fein säuberlich geschrieben, auf dem Schreibtisch liegen. Er begann sie genau zu lesen und war dabei auf einige interessante Neuigkeiten gestoßen. Der Rechtsanwalt von Alois musste sich vor zwei Jahren in der Großstadt bei einem Prozess wegen Korruptionsverdacht verantworten. Da schau her! Man hatte ihm aber nichts nachweisen können. Er dürfte überhaupt eine ziemlich undurchsichtige Gestalt sein und verteidigte vorwiegend Straftäter aus dem Banden- und Drogenmilieu. Auch Alois war vor einigen Jahren in verschiedene Rauschgiftdelikte verstrickt gewesen. Aber er war trotzdem immer frei gegangen. Sein damaliger Anwalt war wer? Na klar, wer schon.

Katharina Körner, die Mutter von Alois, hatte sich als Kellnerin bei verschiedenen Zeltfesten und Dorffesten ihr Brot verdient. Sie war vor einem Jahr verstorben und hatte ihrem Buben nicht viel hinterlassen.
Den Bauern dürfte sie bei einem der großen Bierfeste kennen gelernt haben und dann mit ihm im Bett gelandet sein.
Wenn man genau hinsah, hatte der Alois einige Ähnlichkeit mit dem Vater: die breite Stirn mit den leicht vorstehenden Augen und den derben Mund mit den zynisch herabhängenden Mundwinkeln. Dieses Gesicht gab jedem, der mit ihm zu tun hatte, das Gefühl, er sei ein kleiner Wurm, ohne Rechte, einfach nur da, um zertreten zu werden.

Die Stadtwohnung von Alois war laut Auskunft sehr geräumig, lag mitten im Zentrum und war keinesfalls billig. Wie Alois das alles hatte finanzieren können, war nicht eindeutig nachvollziehbar. Vielleicht machte er doch Geschäfte mit Rauschgift, die nicht offiziell waren. Das konnte ihm aber niemand eindeutig nachweisen, trotz einiger Anzeigen und Einvernahmen durch die Polizei.

Gedankenverloren kaute Gerber an einer Waffel. Was sollte er mit diesen Informationen anfangen? Über Max, den Freund der Tochter, war nicht viel zu erfahren, außer dass er als Jugendlicher in eine Schlägerei verwickelt war. ‚Passte ja auch wieder zu der Familie', murmelte Gerber und zog die Stirn in Falten.

„Herrgott, das gibt's doch nicht! Da wird doch irgendwo ein Futzerl sein, das uns weiterhilft!", schrie Gerber verärgert durch sein Büro. Er wischte mit der Hand fahrig über den Schreibtisch, um die Waffelbrösel zu entfernen, dabei übersah er seine halbvolle Kaffeetasse, die mit einem Knall auf dem Boden landete und in viele Stücke zerbrach. Der Kaffee verteilte sich über den Fleckerlteppich, der unter dem Schreibtisch lag. Erschrocken sprang er vom Sessel hoch, fluchte laut vor sich hin, ehe er nach seiner Assistentin rief:

„Verflixt! Rosa, komm, ich habe den Kaffee verschüttet."

Sie kam sofort angelaufen und sah die Bescherung.

„Ich mach das schon, Chef!"

Sie machte dabei eine hilflos wirkende Handbewegung. Dann blickte sie Ihren Chef auffordernd an und gab ihm zu verstehen, er möge aus dem Büro verschwinden, was Gerber auch sofort und gerne tat. Er packte seine Dienstjacke und die Kappe und weg war er.

Gerber setzte sich in seinen Dienstwagen und fuhr in Richtung Sprenglerhof. Kurz vor der Toreinfahrt zum Bauernhof parkte er den Wagen in einer Kurve am Straßenrand und ging zu Fuß weiter. Dabei kam er auch am Haus des Nachbarn vorbei und sah Elisabeth, wie sie gebückt bei den Rosen entlang des Zufahrtsweges hantierte. Die Nachbarn des Sprenglerhofes standen noch nicht auf seiner Befragungsliste. Er rief Rosa an und bat sie nachzukommen. Bis Rosa da war, wartete Gerber in seinem Wagen. Nachdem Rosa eingeparkt hatte, gingen sie zum Gartentor der Familie Dobler und Gerber betätigte den Drücker der Glocke.

„Hallo", schrie er hinein. Elisabeth bemerkte ihn und hob überrascht den Kopf. Er winkte ihr vom Gartentor aus zu. Sie begrüßten sich und er zeigte ihr seine Dienstmarke.

„Gerber, meine Assistentin Rosa Weilheim, Polizeiposten Tutzenbach. Haben Sie vielleicht ein wenig Zeit, wir würden Ihnen gerne ein paar Fragen zum Mord an Ihrem Nachbarn stellen."

Elisabeth zog etwas zögerlich ihre Gartenhandschuhe aus und bat sie anschließend ins Haus.

„Wollen Sie einen Kaffee?", fragte sie die beiden Polizisten.

„Ja, gerne", antwortete Gerber, Rosa wollte nur ein Glas Wasser.

Da es ein sehr sonniger Tag war, forderte sie die beiden auf, sich auf die Terrasse in den Schatten unter der Markise zu setzen. Sie bereitete den Kaffee zu und legte ein paar Kekse dazu. Dann setzte sie sich zu ihnen, goss Kaffee in die Tassen und sah schließlich die beiden Beamten doch etwas nervös und mit fragendem Blick an.

Gerber begann das Gespräch.

„Sie haben ja sicher vom Mord an ihrem Nachbarn gehört?", begann er. Elisabeth nickte zögerlich und legte ihre Hände ineinander.

„Können Sie Angaben zu den Vorfällen machen? Haben Sie etwas gesehen oder gehört?" Elisabeth sah etwas unsicher auf ihre Finger, die sie angespannt hin und her drehte. Eine polizeiliche Befragung hatte sie bis jetzt noch nie erlebt.

„Na ja, so richtig nicht, obwohl ich vielleicht doch was gehört habe. Ich bin aber nicht sicher, ob das wichtig ist." Rosa zog sofort den Notizblock aus der Innentasche der Jacke, um die Aussage mit dem Bleistift zu notieren.

„Erzählen Sie alles, auch wenn es Ihnen nicht wichtig erscheint. Wir brauchen jedes einzelne Detail."

Zuerst war Elisabeth etwas verlegen, weil sie auch an die mahnenden Worte ihres Mannes dachte, aber dann plapperte sie doch alles aus. Die Geräusche, die sie in der Nacht gehört hatte, die Unterhaltung der Tochter mit ihrem Freund und allfällige Mutmaßungen aus dem Dorf. Rosa schrieb alles auf. Gerber hörte gespannt zu und vergaß dabei, seinen Kaffee zu trinken. Elisabeth hatte vor Aufregung einen hochroten Kopf und trank ihr Glas leer.

„Warum sind Sie nicht schon früher zu uns aufs Revier gekommen", wandte Gerber ein.

„Nun, weil mein Mann meinte, dass diese Dinge für die Polizei sicher nicht interessant wären", gab sie ihm etwas verschämt zur Antwort.

„Sagen Sie ihrem Mann, dass wir von der Polizei entscheiden, was wichtig ist und was nicht. Er soll morgen früh gleich aufs Revier kommen, damit wir auch ihn noch befragen können."

Der Inspektor war sich nicht sicher, ob die Aussagen von Elisabeth richtig zu verstehen waren. Das wollte er von ihrem Mann lieber selbst hören.

Gerber und Rosa erhoben sich. Er bedankte sich für den inzwischen kalten Kaffee, wischte sich mit einem Tuch den Schweiß von der Stirne. Dann gingen beide nach einem angedeuteten Gruß durch das Einfahrtstor hinaus. Jetzt hatten sie wenigstens einen ungefähren Tatzeitpunkt. „Ach, diese Frauen! Wenn sie auf ihre Männer hören sollen, tun sie's nicht und umgekehrt ist es dasselbe.

Das hätte schon früher gesagt werden müssen." Rosa sah ihn von der Seite an. Geber ärgerte sich über sich selber, dass er nicht gleich nach Bekanntwerden des Mordes an diesen Nachbarn herangetreten war. Tja, es waren alle überarbeitet und die Hitze tat das ihre dazu.

Gerber und Rosa spazierten in Richtung Bauernhof und richteten ihre Aufmerksamkeit auf die Umgebung. Rosa ging in den Hof. Gerber bog vor dem Einfahrtstor links ab und ging um das Wohnhaus herum. Ganz genau betrachtete er die Wände und die Büsche und suchte auch den Rasen mit den Augen ab. Dabei bemerkte er einige Zigarettenstummel.

Er sammelte alles in einem Plastiksackerl. Er war nicht sicher, ob diese Fundstücke noch wichtig waren, doch nahm er sie trotzdem mit. Beim letzten Bücken glaubte er einen Schatten hinter dem Stall vorbeihuschen zu sehen. Als er zum Ende des Stallgebäudes kam und um die Ecke sah, war aber nichts zu erkennen. Er ging durch das rückwärtige Tor in den Stall und blieb dort stehen, wo die tote Kuh gelegen hatte.

Was war hier geschehen? Eine angenehme Ruhe herrschte im Raum, auch wenn er das leichte Scharren der Kühe vernahm und an der Decke des Stalles die Schwalben mit Gezwitscher hin und her flogen. Wenn doch eine der Kühe sprechen könnte, dann wäre alles schnell geklärt. Er las die Namensschilder, die über den Köpfen der Tiere auf Tafeln geschrieben waren: Robina, Seffi, Alma, Berti und so weiter. Eigentlich ungewöhnliche Namen für Tiere. Neben den Kühen befanden sich in einer kleinen Box einige Kälber, die neugierig durch die Holzplanken lugten. Es roch nach Kuhmist, frischem Heu und Gras. Eigentlich hatten es die Bauern schön, immer frische Luft und frisches Essen, kam es Gerber in den Sinn. So ein saftiger Schweinsbraten oder ein Rindsgulasch waren doch etwas ganz Feines. Gleich verspürte er ein Grummeln im Magen. Mit diesen Vorstellungen ging er langsam zur Stalltür in den Hof, wo ihm die Sonne prall ins Gesicht schien und Rosa schon vor der Haustüre wartete.

„Ich habe nichts gefunden, Chef", sagte Rosa mit einem Achselzucken. „Tja, ich habe auch nichts wirklich Aufregendes entdeckt außer ein paar Zigarettenstummel. Es ist zum Haare raufen, echt."

Als Herbert nach der Arbeit nach Haus kam, erzählte ihm Elisabeth vom Besuch des Inspektors. Er hörte ihr zu und schüttelte dann leicht zornig den Kopf.

„Jetzt haben wir's! Gerade morgen habe ich eine wichtige Sitzung in der Firma. Kannst du deinen Mund nicht halten?", fuhr er sie wütend an. Elisabeth antwortete ihm nun auch etwas ärgerlich „Hätte ich den Inspektor vielleicht anlügen sollen?" Sie drehte sich um und ließ ihn eingeschnappt stehen.

„Nein, hast ja eh alles richtig gemacht", rief ihr Herbert schließlich mit besänftigender Stimme nach und sie beruhigte sich wieder.

„Komm wir gehen ins Haus, es ist heute einfach zu heiß. Ich bin halt nicht gerne am Polizeirevier. Dort fragen sie dir ein Loch in den Bauch, und wenn du ihnen etwas Verkehrtes sagst, dann haben sie dich. Entschuldige bitte, ich wollte dich nicht kränken".

Rasch versöhnt ging Elisabeth in die Küche, um das Abendbrot zuzubereiten.

Herbert schlenderte ins Esszimmer und starrte aus dem Fenster in Richtung Sprenglerhof. Er dachte an die ersten gemeinsamen Jahre mit Elisabeth. Rasch nach der Heirat war nicht mehr so viel Liebesglut vorhanden. Sie war aber auch eine fade Person, keine Extras, keine lustvollen Gespräche, nichts Erotisches war an ihr. Aber sie hatte genug Mitgift von den Eltern mitbekommen. Das tröstete über vieles hinweg.

Sein Vater und der Vater des ermordeten alten Bauern vom Sprenglerhof waren Jagdkollegen. Es wurde bei den langen Jägerstammtisch-Runden natürlich über allerhand gesprochen. Bei einer dieser Zusammenkünfte hatte ihm der Sprenglerbauer ein Grundstück neben seinem Bauernhof angeboten. Er brauchte wieder einmal Geld für seine Spielsucht. Schnapsen war seine große Leidenschaft. Dieses Wort bezog sich jedoch nicht nur auf das Spiel. Seine deftigen Alkoholexzesse waren weitum bekannt. Anfangs meinte Herberts Vater, dass dieses Grundstück doch ziemlich weit entfernt von ihrem Gasthaus sei, aber dann kamen die beiden preislich überein und Herberts Baugrund war somit fixiert. Damals besiegelte man alles noch mit Handschlag und der Vater bestimmte über die

Zukunft der Kinder. Da brauchte man keinen Vertrag und auch keinen Advokaten.

Jetzt betrachtete Herbert mit Stirnrunzeln das umliegende Areal durch das offene Fenster. Tief im Innersten wäre er viel lieber woanders gewesen. Er hatte sich aber gegen seinen Vater nicht behaupten können.

Elisabeth kam gerade zum Tisch und weckte ihn aus den Vergangenheitsträumen. Beide setzten sich, um das Essen zu genießen.

23:30 Uhr

Karl und seine Freunde trafen sich gegen Mitternacht hinter der Scheune des Sprenglerhofes, um ihre geplante Störaktion gegen Alois zu starten. Sie hatten alles mitgebracht: schwarze Mützen mit Löchern für Augen und Mund, Holzstöcke, Handschuhe, eine Taschenlampe, Lappen, leere Flaschen und einen Kanister mit Brandbeschleuniger. Kurz vor Mitternacht machten sie sich schließlich auf den Weg. Alois war außerhalb des Dorfes bei einem Bekannten im Erdgeschoß des Wohnhauses einquartiert. Sein Auto, ein protziger Luxuswagen, stand neben dem Haus. Die Burschen schlichen auf den Parkplatz und schütteten den Brandbeschleuniger um das Auto herum. Zum Glück waren die nächsten Gebäude weit genug entfernt, um in Gefahr zu geraten. Dann versteckten sie sich hinter der Hecke und einer warf die Flasche mit dem entzündeten Lappen zum Wagen. Schnell fing das Auto Feuer, die Flammen schlugen meterhoch empor. Alois lag schon auf dem Bett und checkte gerade sein Handy. Er war nur mit Boxershorts und einem T-Shirt bekleidet. Dann sah er auf seine Uhr, ein sündteures Schmuckstück, welches er einem seiner Kontrahenten als Pfand für ausstehende Schulden abgenommen hatte. Mit einem Lächeln auf den Lippen strich er über das Glas, als es plötzlich im Zimmer hell wurde. Er stand auf und eilte zum Fenster, um nachzusehen. Als er sein brennendes Auto am Parkplatz bemerkte, ließ er einen Schrei los und lief, so wie er war, nach draußen. Er kreischte laut „Feuer, Feuer, so hole doch einer die Feuerwehr!" Zugleich rannte er wild fuchtelnd zwischen dem Parkplatz und dem Haus hin und her. Es war anscheinend niemand zu Hause, der seine Schreie hören konnte oder wollte. Dann spürte er plötzlich einen

Schlag auf seinen Kopf, sank zu Boden und verlor das Bewusstsein.

Zehn Minuten später erwachte er aus seiner Ohnmacht. Er lag auf dem Parkplatz vor dem Eingang. Alois setzte sich auf und griff sich mit einem Seufzer auf seinen schmerzenden Hinterkopf. Dort bemerkte er eine dicke Beule, Blut rann ihm über die Finger. Sein Körper tat ihm weh, als hätte er einige Hiebe oder Tritte abbekommen. Was war passiert? Er konnte sich nur noch an einen dumpfen Schlag erinnern, dann war es um ihn dunkel geworden. Anstelle seines Autos war lediglich das ausgebrannte Gestell und ein Haufen verkohlter Asche am Parkplatz zu sehen. Einige kleine Glutnester rauchten noch. Alois erhob sich unter Ächzen und torkelte zum Haus. Er schleppte sich in sein Zimmer und ging ins Bad. Blut rann über sein Gesicht. Er spürte eine große Platzwunde am Kopf, vielleicht hatte er sogar eine Gehirnerschütterung. Er wählte die Nummer des ortsansässigen Arztes und bat diesen zu kommen. Alois wollte kein großes Aufsehen und dachte, der Arzt würde im einfach einen Verband anlegen. Als der Arzt bei Alois war und die Wunde versorgte, war das genau richtig. Alois war kurz davor, wieder ohnmächtig zu werden.

„Na, da haben Sie ja eine Ordentliche abbekommen. Das sieht nicht gut aus. Ich mache die Erstversorgung, aber Sie müssen ins Krankenhaus. Die Wunde muss genäht werden, ich übernehme keine Verantwortung", gab ihm der Arzt zu verstehen und verständigte, trotz des Protestes von Alois, die Rettung. Alois wurde abgeholt und sofort in der Notaufnahme aufgenommen. Man diagnostizierte die tiefe Platzwunde und eine leichte Gehirnerschütterung. Alois musste für zwei Tage im Spital bleiben. Der Arzt machte natürlich auch eine Meldung an die Polizei und gab den Vorfall zu Protokoll. Er hatte mit Verwunderung festgestellt, dass die Feuerwehr nicht an Ort und Stelle gewesen war, sondern erst viel später mit dem Spritzenwagen angerollt kam. Karl und seine Freunde hatten den Einsatz bewusst zurückgehalten, waren sie doch alle Mitglieder der örtlichen Feuerwehr. Erst nachdem sie die Rettung wegfahren sahen, wurde mit viel Gehupe zu dem Parkplatz gefahren und mit „Feuereifer" das restliche Glutnest gelöscht.

Kapitel 14
Mittwoch, 17. Juni, 08:30 Uhr

Heute Morgen zeigte sich ein fahles Morgenrot, leichter Nebeldunst zog über die Talebene und das Gras glänzte von abertausenden Tautropfen im aufsteigenden Sonnenlicht. Herbert fuhr vor Arbeitsbeginn zum Polizeirevier, um dort seine Aussage zu Protokoll zu geben. Rosa empfing Herbert an der Tür und bat den Herrn im feinen Anzug mit einer Handbewegung im Büro des Inspektors Platz zu nehmen.

Sie bemerkte sein herbes Parfüm. Als Gerber wenig später ins Büro kam und sich an den Schreibtisch setzte, sah er sich sein Gegenüber in Ruhe an. Ein Mann mittleren Alters, leicht zynischen Zug um den Mund, konnte einem nicht unbedarft in die Augen sehen. Nach diesem Screening bat er Herbert, alles, was er über den Vorfall beim Nachbarn wusste, zu erzählen.

„Ich kann zu diesem Fall überhaupt nichts sagen. Ich habe nichts gesehen und nichts gehört, denn ich war ja auch gar nicht zu Hause", begann Herbert seine Ausführungen ohne Umschweife.

„Meine Frau ist da besser informiert. Ich habe keine Zeit für irgendwelche Tratschereien, weil ich beruflich ziemlich eingespannt bin."

Gerber ließ sich von diesen Worten nicht sonderlich beeindrucken. „Wie war denn Ihr Verhältnis zum Toten. Gab es einmal Unstimmigkeiten?"

„Äh, ich habe dem Karl ab und zu mal geholfen, wenn er starke Arme brauchte. Aber ansonsten war das Verhältnis eher distanziert. Ich mag das Bauernleben nicht wirklich. Es genügt, wenn wir uns an vielen Tagen den Stallgeruch durch die Nase ziehen dürfen", ergänzte Herbert etwas abfällig.

„Haben Sie von den Misshandlungen des Bauern an dessen Familie gewusst?", bohrte Gerber nach.

„Ja, was halt im Dorf erzählt wurde. Manchmal haben wir schon was vernommen, aber wir wussten nicht genau, was es bedeutete, und wir wollten uns da nicht einmischen. Wir konnten auch nicht erkennen, was tatsächlich der Auslöser war."

Gerber schaute Herbert etwas konsterniert an. Wie kann man bei so etwas nur eine Sekunde zögern, überlegte er. Eine Viertelstunde später war das wenig aussagekräftige Gespräch beendet. Herbert unterzeichnete das Protokoll und machte sich mit einem erleichterten Seufzer auf den Weg in sein Büro.

14:00 Uhr

Elisabeths Garten war heuer besonders üppig geraten. An jeder Ecke lugten Blüten in den prächtigsten Farben hervor. Sie war berechtigt stolz und betrachtete voll Liebe ihre bunten Zöglinge. Dieser großartige Garten verlangte eine aufwändige Pflege. Elisabeth war daher wirklich täglich gezwungen, einen großen Teil ihrer Freizeit im Garten zu verbringen. So bekam man dann natürlich unweigerlich viele Ereignisse aus der Nachbarschaft mit, auch wenn man sie vielleicht gar nicht hören oder sehen wollte. So erging es ihr heute am Nachmittag, als sie in einer alten, abgeschnittenen Jeans und einem T-Shirt mit einem Kübel voller Abfälle zum Komposter spazierte. Der stand in der letzten Ecke des Grundstückes und grenzte genau an das Areal des Bauernhofes. Soeben schwallte eine schwere Kuhmist-Duftwolke herüber, welche ihr kurz den Atem nahm. Die ganze hintere Breitseite des Gartens war mit Ribisel- und Himbeerstauden bepflanzt. Sie wollte soeben den Deckel des Komposters heben, als sie hinter dem Holunderbusch ein leises Stimmengemurmel hörte.

Rasch duckte sie sich hinter den Komposter und lauschte. Zwei Personen unterhielten sich leise.

„Was glaubst, werdn's den Mörder vom Vata findn? A wengal Angst hab ih scho, so lang mir ned wissn, wer's war".

"Brauchst koa Angst habm, ih pass scho auf di auf",

sagte die zweite Person. Elisabeth konnte die Stimmen von Sabine und ihrem Freund Max erkennen, die sich leise unterhielten.

„Wenn ma wenigstens den Alois anbringa tät, der nimmt uns do unsa Hoamat weg. Ih mag gar ned dran denga woanders hi z'geh. Aber da Karl hat scho gsagt, se werdn eahm an Denkzettel vapassn, dass er se schnell schleicht. Glaubst, dass er des war, der s'Auto vom Alois anzundn und eahm oane vapasst hat?", meinte sie ängstlich zu ihrem Freund. Dann war einige Minuten Stille. Man hörte ein verdächtiges Geschmatze. Die werden doch nicht hier in der Öffentlichkeit knutschen, befürchtete Elisabeth und wäre beinahe mit einem Plumps umgefallen. Sie war in Sachen Liebesleben äußerst konservativ. Hätte sie mit ihrem Mann darüber gesprochen, würde sie ziemlich staunen, was er darüber dachte.

Max forderte dann Sabine auf:

„Komm genga ma wieder ins Haus, es is scho so hoaß. Ih muss ah nu schaun, wo da große Vorschlaghammer hikumma is. Ih hab dein Bruada vasprocha, eahm auf da Woad den Zaun repariern z'helfn".

Dann kehrte Stille ein.

Elisabeths Ohren glühten inzwischen wie ihre Knie, die vom langen Hocken schmerzten. Sie erhob sich unter Ächzen und wischte sich mit dem Handrücken den Schweiß von der Stirn. Man spürte die Hitze dieses Sommertages schon wieder ansteigen. Langsam ging sie, nachdem sie den Kompostkübel ausgeleert und ihre Knie von Erde gereinigt hatte, zum Garten zurück und dachte über das Gehörte nach. Welchen Reim sollte sie sich darauf machen. Sie hatte von dem Attentat auf das Auto von Alois noch nichts gehört, daher fehlte ihr der Zusammenhang.

Als Herbert am Abend zu Hause war, erzählte er ihr von dem Vorfall. Sie wiederum teilte ihm mit, was sie gehört hatte.

„Ob es nicht doch einen Zusammenhang zwischen dem Mord und meinen nächtlichen Wahrnehmungen gibt", sinnierte Elisabeth vor sich hin. Sie erwartete von Herbert keine Antwort.

Elisabeth bereitete die Jause zu, dann setzten sich beide auf die Terrasse. Bei einem Glas Wein genossen sie den endlich kühler werdenden Abend.

Kapitel 15
Donnerstag, 18. Juni

Alois hatte sich von seinem Anschlag einigermaßen erholt und das Krankenhaus verlassen. Der Kopf brummte noch leicht und die Wunde brannte. Auch die blauen Flecken an seinem Körper spürte er bei jeder Bewegung unangenehm. Der Arzt hatte ihm Schmerztabletten mitgegeben. Er fuhr mit dem Taxi ins Dorf. Dort wollte er sich in seinem Zimmer ausruhen und überlegen, was er als nächstes tun sollte. Er dachte nach, wer ihm diesen Anschlag verpasst haben könnte. „Wenn ich den erwische, wird das nicht lustig!" Er war nah daran, Olaf und Sven zu holen und seine eigenen Nachforschungen anzustellen. Aber in dem kleinen Dorf würden die zwei gewiss auffallen. Die Familie des Bauern war anscheinend keine so leichte Partie, wie er gemeint hatte. Auch sein Rechtsanwalt hatte dazu eine völlig falsche Einschätzung abgegeben.
„Die werden schnell weg sein, wenn sie das vom Testament hören", hatte er gelästert. Das war wohl ein großer Irrtum. Bis jetzt hatte keiner der Familie irgendwelche Anstalten gemacht, den Hof zu verlassen.

Er griff zum Telefon und wählte die Nummer von Dr. Teichmann.
„Hallo, wie geht's dir? Ich hab schon gehört, was die Bauernbuben mit dir angestellt haben. Sollen wir sie verklagen?", krächzte Teichmann ins Telefon und ließ einen heiseren Lacher hören.
„Nein, wir machen kein Tamtam. Solange der Hof nicht übergeben ist, will ich Ruhe bewahren. Später können wir ihnen das heimzahlen. Ich werde sicher nicht darauf

vergessen, das kannst du mir glauben!", erklärte ihm Alois mit Nachdruck.

17:00 Uhr

Im Bauernhof hatte sich die Familie zur gleichen Zeit in der Stube versammelt und alle nahmen still das Abendbrot zu sich. Jeder war in seine eigenen Gedanken versunken. Notburga hatte das Besteck zur Seite gelegt und sah mit verlorenem Blick durchs Fenster, als sie verschwommen den Inspektor und seine Assistentin über den Hof kommen sah. Erst nach einigen Sekunden reagierte sie darauf und sagte zu ihren Kindern im Befehlston:

„De Bullen kemman, koana sagt was!"

Der Inspektor klopfte an die Stubentür, wartete nicht auf ein Herein, sondern öffnete die Tür und betrat die Stube. Rosa folgte ihm und sie setzten sich zum Tisch. Die Familie blickte ihnen ohne Gruß und sonstige Regung entgegen.

„Wer hat den Alois schon vor dem Tod des Bauern gekannt.

Ich will eine klare und ehrliche Antwort. Ich krieg's sowieso heraus. Also!", warf Gerber drohend in den Raum, dabei hatte er seine Hände auf den Tisch gelegt. Er musste mit einer Drohung beginnen, um diese Sturköpfe aus der Reserve zu locken.

Die Kinder blickten starr auf ihren Jausenteller. Jeder hatte das Besteck hingelegt und das Essen nicht angerührt. Gerber bemerkte, dass es kalten Schweinebraten gab. Er spürte ein wachsendes Verlangen, gerne hätte er sich ein Stück genommen. Dann sah er wieder abwartend in die einzelnen Gesichter. Niemand rührte sich. ‚Mann, das ist vielleicht eine sture Partie', murmelte er und fragte dann laut:

„Alois und seine Mutter mussten den Bauern kennen. Ihr habt euch doch sicher selber auch schon gefragt, wie euer Vater beziehungsweise Ehemann zu diesem ledigen Buben gekommen ist, oder?" Notburga sah auf und sagte nach kurzem Zögern:

"Ih hab nimma gfragt, wo er hifahrt, scho lang nimma. Mia warn ja alle froh, dass er weg war. Was er mit wem gmacht hat, hat mih ned interessiert. Dass er si mit ana andern Frau eiglassn hat, kann ih bis heut ned glaubm. Er hat oiwei Angst ghabt, dass eahm oane was unterschieabm kunnt. Na ja, anscheinend hat des doh oane gschafft. Aber den Alois habm mia wirkli ned kennt."

Sie senkte nach diesem langen Monolog den Kopf und legte die Hände in den Schoß. So viel hatte der Inspektor die Altbäuerin noch nie reden hören. Die Kinder waren noch immer in derselben Haltung. Gerber sah die anderen an.

Franz räusperte sich schließlich verlegen und begann „Äh, ih, ih hab den Alois schon mal troffn. Aber ih hab ned gwusst, dass er der Ledige vom Vata war." Dann steckte er den Kopf zwischen die Schultern.

Gerber meinte darauf: „Und was haben Sie mit dem Alois zu schaffen gehabt?"

„Ih hab amoi was braucht."

„Was haben Sie gebraucht?"

„Na, a weng a Gras zum Raucha halt. Der Alois war ja mit oim eideckt. Egal was, der hat ois vakauft. Des woas a jeda im Dorf."

Gerber atmete tief in sich hinein. Er sah Rosa an und verdrehte die Augen. Das half ihm auch nicht weiter. Karl betrachtete Franz ungläubig. Sein Bruder und Drogen, das hätte er nie im Leben gedacht.

„Und wer hat den Anschlag auf den Alois ausgeführt?", fragte Gerber in die Runde und sah dann direkt auf Karl.

Der bekam zwar einen hochroten Kopf, sagte aber kein Wort.

„Wer auch immer es war, er kann nur froh sein, dass der Alois keine Anzeige wegen Körperverletzung erstattet. Für die Sachbeschädigung wird sich dann aber jemand verantwortlich zeigen müssen. Da werden wir die Übeltäter schon noch finden."

Mit diesem drohenden Hinweis erhob sich Gerber und verließ nach einem kurzen Gruß gemeinsam mit Rosa die Stube und den Bauernhof. Die Eruierung des Anschlages auf Alois wollte er einem seiner Kollegen übertragen. Karl sah den beiden Beamten mit zusammengezogenen Augenbrauen nach. Er konnte sich nicht vorstellen, dass irgendeiner seiner Kumpels den Anschlag verraten würde. Die wissen alle, was dann passiert.

Gerber empfand heute einfach keine Lust mehr, an diesem verzwickten Fall weiterzuarbeiten. Er verabschiedete sich von Rosa und parkte das Auto vor dem Revier. Dann ging er zum Wirt, wo er etwas essen und ein frisches Glas Bier trinken wollte.

Im Gasthof setze er sich in den Biergarten, denn da war es schön kühl. Der Gastgarten, der mit etwa zwanzig Tischen und dementsprechend vielen Sesseln ausgestattet war, lud immer viele Gäste zum Verweilen ein. Im rückwärtigen Teil befanden sich ein kleiner Kinderspielplatz, ein Sandkasten, eine Rutsche, ein paar kleine Schaufeln und Kübel. Im Sommer war das ein beliebter Treffpunkt für viele Ausflügler, die sich zu einer gemütlichen Jause oder zu netten Feiern einfanden. Fünf riesengroße Kastanienbäume spendeten mit ihren weit ausladenden Ästen und dem dichten Blätterwald eine kühlende Atmosphäre.

Da hielt man es oft lange im Freien aus, und es wurde gelacht und gefeiert. Jetzt waren gerade einige Gäste, wahrscheinlich Sommerfrischler aus dem Nachbardorf, anwesend. Er sah ihre Fahrräder an der Wand lehnen. Es war eine lustige Runde. Sie erzählten sich gerade schlüpfrige Witze, als Gerber sich an einem der Tische niedergelassen hatte. Na, das ist wenigstens einmal eine Abwechslung, meinte er zu sich und horchte, ob er einen der Gäste verstehen konnte. Die Kellnerin brachte ihm die Brotzeit und das Bier und er begann genüsslich zu essen. Nach etwa einer halben Stunde fuhr ein großer Wagen auf den Parkplatz. Alois und sein Rechtsanwalt stiegen aus und kamen in den Gastgarten. Sie setzten sich hinter die Radfahrergruppe. Den Inspektor hatten die Beiden nicht bemerkt. Nachdem die Kellnerin ihre Bestellung aufgenommen hatte, begann Dr. Teichmann mit Alois zu diskutieren. Gerber hatte die beiden schon bemerkt. Er richtete sich auf und versuchte, durch die lärmenden Radler das Gespräch zu belauschen, was aber schier unmöglich schien. Nach einigen Minuten brachte die Kellnerin der Radler-Gruppe das Essen. Jetzt wurde es etwas ruhiger.

„Alles hat sich jetzt anders entwickelt als gedacht", hörte er den Rechtsanwalt zu Alois sagen. „Glaubst du, wir sollten schön langsam den letzten Trumpf ausspielen?", fragte ihn Alois und schob ein Stück des kalten Bratens in den Mund.

„Nein! Wir warten noch ein wenig. So ein Glück für dich, dass jemand den Bauern gerade jetzt aus dem Weg geräumt hat. Das hat uns hervorragend in die Karten gespielt, findest du nicht? Falls es nicht bald einen Verdächtigen gibt, wird die Polizei den Fall sowieso schließen. Dann können wir den Rest erledigen. Wirst sehen, der Hof gehört demnächst dir und dann kannst du deine Ideen verwirklichen", meinte der Rechtsanwalt lachend. Jetzt begann die Radlertruppe wieder zu lärmen, sie prosteten sich alle zu und einer ließ einen Trinkspruch hören. Der Inspektor war aber über das Gehörte froh. Er lehnte sich zurück und legte die Stirn in Falten. Da ist doch irgendeine Schweinerei im Gange. Welche Ideen? Welcher Rest wird erledigt? Er wartete, bis die beiden den Garten verlassen hatten und ging dann auch. Ob der Alois doch mehr wusste als er angegeben hatte?

Kapitel 16
Freitag, 19. Juni

Nach einem arbeitsreichen Vormittag in der Druckerei fuhr Elisabeth, nachdem sie ihren Einkauf im Supermarkt erledigt hatte, zurück ins Dorf. Am Marktplatz traf sie auf die Frau des Bürgermeisters. Cornelia, eine ihrer Freundinnen, war wieder toll gekleidet. Ein schmales dunkelrotes Kleid unterstrich ihre kurvenreiche Figur, eine Korallenkette um den Hals machte ihr Outfit perfekt. Die brünetten Haare waren hochgesteckt, sie trug Pumps im selben Farbton wie das Kleid. Elisabeth war ein wenig neidisch. Sie kam sich mit ihrem dunkelbraunen Rock und der beigen Bluse wie ein verstaubtes Mauerblümchen vor. Weil sie noch Zeit hatte, ging sie mit Cornelia in den Gastgarten des Kirchenwirtes und beide bestellten Kaffee. Ihr Hauptthema war natürlich der Mord. Sie zerlegten akribisch die einzelnen Punkte, die ihnen bis jetzt bekannt waren und stellten ihre eigenen, verbalen Untersuchungen an. Cornelia meinte hinter vorgehaltener Hand.

„Mit dem Alois, dem Ledigen vom Bauern, hat es was auf sich. Da sind anscheinend Drogen im Spiel. Weißt, der dürfte anscheinend schon lange ganz dick in der Rauschgiftszene drinnen stecken. Und der Anwalt ist ein falsches Windspiel. Der stand angeblich vor einigen Jahren selbst unter Korruptionsverdacht. Ist aber nichts dabei rausgekommen", fuhr sie äußerst wichtig gestikulierend fort.

Darüber hatten sie natürlich viel zu analysieren und zu diskutieren.

Nach gut einer Stunde sah Elisabeth mit hochrotem Kopf auf die Uhr und sprang erschrocken auf. Guter Gott, jetzt wurde es aber Zeit, dass sie nach Hause fuhr. Sie verabschiedete sich rasch von Cornelia. Als sie bei der Kreuzung vor ihrer Hauszufahrt wegen Gegenverkehr kurz anhalten musste, flitzte ein dunkler Wagen mit hoher Geschwindigkeit an ihr vorbei. Sie konnte nicht einmal das Kennzeichen erkennen, so überrascht war sie. Es war aber der gleiche Wagen, den auch ihr Mann fuhr, fiel ihr so nebenbei auf. Kopfschüttelnd über die ruppige Fahrweise bog sie in die Einfahrt und stellte den Wagen in der Garage ab.

12:30 Uhr

Inspektor Gerber war nach dem Mittagessen noch kurz im Revier, um seine Unterlagen zu holen.

„Rosa, machte mir die Akten fertig! Ich fahre jetzt in die Stadt", ließ er seine Assistentin wissen. Rosa überreichte ihm eine Mappe mit den gesammelten Unterlagen.

Wenig später war er schon auf dem Weg. Er hatte heute vor, seine geplanten Besuche durchzuziehen. Zuerst wollte er seinen früherer Kollege Norbert im Landeskriminalamt besuchen. Sie waren früher ein ausgezeichnetes Team gewesen, als er noch bei der Kriminalpolizei tätig war. Er musste mit ihm die aktuelle Drogenszene besprechen. Vielleicht kam da etwas über Alois zu Tage. Dann würde er seinen pensionierten Kollegen Bürger aufsuchen. Der hatte immer gute Ideen, wenn es um komplizierte Tathergänge ging. Auf dem Nachhauseweg wollte er seinen Schulfreund, den Bankdirektor, zu den diversen Konten befragen.

Auf der Landstraße überholte ihn ein dunkelblaues Auto mit viel zu hoher Geschwindigkeit. Leider war er heute mit dem Privatauto unterwegs. Sonst hätte er den Raser auf der Stelle verfolgt. Aber er merkte sich die Autonummer.

Im Landeskriminalamt angekommen, wurde er von seinem Kollegen herzlich empfangen. Gerber fühlte sich in seinen ehemaligen Diensträumen gleich wieder wohl. Bei einer Tasse Kaffee, der noch immer so schrecklich schmeckte wie früher, erzählte er seinem Kollegen Norbert von Alois Körner. Dann durchsuchten sie die allfälligen Drogen-Straftäter der letzten Jahre. Es dauerte einige Zeit, bis das Bild und die Polizeiakte von Alois auftauchten. Er hatte tatsächlich schon viel auf dem Kerbholz: Drogendelikte, Mädchenhandel, Betrügereien. Es hatten sich einige Straftaten angesammelt.

„Da gibt es ja schon eine kleine Liste bei uns. Ist aber eine Weile her, dass er etwas ausgefressen hat. Wo hast du denn den jetzt aufgegabelt?", faxte Norbert.

„Weißt eh, wir haben bei uns in Tutzenbach diesen Mordfall, in den der Alois irgendwie involviert zu sein scheint", gab Gerber zur Antwort. Norbert wusste bereits von dem Verbrechen. Doch ein wenig Lästern musste sein.

„Was, bei euch am Land bringen sich die Leute auch um? Ich dachte immer, am Land herrschen noch Moral und Anstand. So kann man sich täuschen", meinte Norbert mit einem schelmischen Grinsen. Sie waren beide schon zu lange in diesem Beruf, als dass sie wegen dieser Verbrechen noch Entsetzen oder andere Gefühle empfanden. Gerber hatte mit Norbert mehrere Jahre gemeinsam in diesem Raum gearbeitet und dabei einiges an Verwerflichem und menschlich Abgrundtiefem erlebt.

Aus reiner Intuition suchten sie auch gleich noch nach Unterlagen zum Rechtsanwalt von Alois. Da wurde sie aber nicht fündig.

„Der hätte sicher alles unter Verschluss legen lassen, wenn etwas gewesen wäre. Möglicherweise kennt er auch jemanden aus den oberen Etagen ganz besonders gut, weißt eh, was ich meine", gab ihm Norbert mit Augenzwinkern zu verstehen.

Das Landeskriminalamt war in einem ehemaligen Wohnblock aus den 60er Jahren untergebracht. Das Land hatte das alte Haus gekauft und zu einem Bürogebäude umgebaut. Nach dem Bezug des Gebäudes konnten sie die hellen, freundlichen Räume benützen, alle Büros hatten einen

Balkon, das war purer Luxus. Gerber und Norbert gingen jetzt auf einen der Balkone und Norbert zündete sich eine Zigarette an. „Und, hast dich schon an das Dorfleben gewöhnt?", fragte ihn Norbert. „Ja, geht schon. Es ist meist eher ruhig, wenige schwere Delikte, dafür kleine Vergehen wie Diebstahl, Trunkenheit oder häusliche Gewalt. Die schlagen sich teilweise ziemlich heftig", meinte Gerber mit einem Seufzer. Obwohl die Arbeit im Landeskriminalamt stressig und nervenaufreibend war, dachte Gerber doch gerne an diese Zeit zurück.

Er sah auf die Uhr. „Na ja, Norbert, ich muss jetzt gehen, ich hab noch einiges zu tun. Danke für deine Hilfe und bis demnächst", verabschiedete sich Gerber. Er nahm einige Kopien aus dem Akt von Alois mit und verließ das Büro. Nun machte er sich zu seinem alten Kollegen Bürger auf. Der wohnte nur drei Straßen weiter in einem dieser Wohnblocks aus den achtziger Jahren. So hässliche, lieblose Kästen, wo niemand den anderen kennt und doch jeder weiß, was beim Nachbarn vor sich geht. Die Haustüre konnte nicht mehr verschlossen werden, das Schloss war kaputt. Daher kam Gerber ungehindert in das große Vorhaus, in dem es nach Essen, Schmutzwäsche und anderen unangenehmen Düften roch. Gerber läutete, mit seiner Aktentasche unter dem Arm und einer Flasche Wein bewaffnet. Nach einiger Zeit hörte er schlurfende Schritte, die Tür öffnete sich mit der vorgelegten Türkette einen Spalt.

„Wer da?", krächzte es durch den Türschlitz.

„Ich bin's, der Anton, kennts mich noch?", gab Gerber sich zu erkennen.

Nach einem kurzen Zögern sagte der Mann hinter der Tür „Ah, der Gerber Anton, ja wo kommst du denn her, bist ja lange nicht mehr da gewesen. Hast wohl wieder ein größeres Problem?", fragte ihn Bürger mit einem kurzen Hüsteln durch die geschlossene Türe. Der Alte kannte ihn nur zu gut. Gerber hörte, wie er die Türkette wegnahm, dann öffnete er die Türe ganz, um ihn mit einer einladenden Geste hereinzubitten. Der Inspektor trat ein, gab ihm das Geschenk und zog seinen Mantel aus. Die Wohnung war klein, aber gemütlich. Die Einrichtung hatte sich über die Jahre abgewohnt, die Decken waren mit dunklem Holz vertäfelt und die Wände mit großgemusterten Tapeten verkleidet. Bürgers Frau war schon vor Jahren verstorben. Bürger war ein gefürchteter Kriminalbeamter gewesen. Bei ihm hatten die Verbrecher nichts zu lachen. Gerber mochte ihn, weil er in seiner beruflichen Laufbahn das Verbrechen verurteilt, aber die menschlichen Komponenten trotzdem nicht außer Acht gelassen hatte. Jetzt war bei ihm der körperliche Verfall schon deutlich zu bemerken. Auf einen Stock gestützt, bewegte er sich langsam fort. Seine Arthrose war weit fortgeschritten. Aber er war geistig noch immer sehr rege. Gerber holte aus der Küche ein Glas Wasser und setzte sich dann zu Bürger auf den Balkon. Man hatte von hier einen schönen Rundblick über die Stadt.

„Na", meinte sein ehemaliger Kollege, „dir scheint es gut zu gehen. Lass hören, was gibt es?".

Gerber begann ohne Umschweife zu erzählen. Nach einer halben Stunde hatte er ihm jedes Detail mitgeteilt, auch die Information über den Rechtsanwalt. Als Gerber seinen Bericht beendet hatte, lehnte sich sein Gegenüber zurück, schloss die Augen und war anscheinend gedanklich weit weg. Nach einiger Zeit war der Inspektor etwas unsicher, weil er dachte, Bürger wäre vielleicht eingeschlafen. Aber da dieser ihn plötzlich kurz anblinzelte, wartete Gerber

wieder geduldig auf Bürger's geistige „Auferstehung".
Nach einiger Zeit richtete der sich abrupt auf.
„Was den Rechtsanwalt betrifft, musst du dich an den Hanscher wenden. Der ist ein pensionierter Richter und kennt alle seine Kollegen gut, auch die, die nach ihm gekommen sind. Der weiß sicher was. Und der Alois wird oft im „La Boheme" gewesen sein, wenn er mit Drogen dealte. Das war schon immer ein riesiger Umschlagplatz für alles, was aktuell am Markt begehrt war, LSD, Speed, Designerdrogen. Der ehemalige Besitzer vom La Boheme, der Gilbert, ist vor einigen Jahren auf der Straße erstochen worden, der war sicher einer der wichtigsten Dealer im Umkreis. Den Täter hat man nie gefunden. Die halten ja alle dicht!", schloss Bürger seine umfangreichen Ausführungen. „Und jetzt ist der Alois Geschäftsführer von dem Etablissement. Das ist aber nach außen gut getarnt. Verstehst?"

Mit so vielen Informationen ausgestattet ging Gerber, nachdem sich die beiden herzlich voneinander verabschiedet hatten, zurück zum Wagen.

Während der Heimfahrt fiel Gerber wieder der Raser ein. Bei der Hinfahrt hatte er vergessen diesen abzufragen, weil ein Anruf ihn abgelenkt hatte. Jetzt rief er im Revier an, um das Autokennzeichen des dunklen Wagens durchzugeben. Nach dreißig Minuten bog er von der Hauptstraße auf die Landstraße zum Dorf ab, fuhr in eine der Seitenstraßen ein und parkte gegenüber vom Haus des Bankdirektors. Dann querte er die Straße und ging über den Kiesweg der Einfahrtsstraße zum Hauseingang. Es war ein gutbürgerlich gebautes Haus mit einem großen Garten. Er läutete. Aus dem Garten schrie jemand: „Wir sind hinten im Garten!" Gerber ging entlang eines schmalen Kiesstreifens ums Haus herum und sah Bankdirektor Schnetzler mit seiner

Frau beim Kaffee auf der Terrasse sitzen. Die beiden Männer begrüßten sich freundlich. Sie hatten sich in letzter Zeit nicht so oft gesehen, obwohl sie beide im gleichen Dorf wohnten. Als die Frau des Bankdirektors den Kaffee für den Inspektor gebracht hatte, zog sie sich ins Haus zurück und ließ die Männer allein. Bernhard, ein drahtiger Mann mit Glatze und Hornbrille, setzte sich gegenüber von Gerber in einen der Korbsessel.

„Na, wie geht's dir. Hast dich im Dorf schon eingelebt?", begann Bernhard die Unterhaltung.

Gerber nickte und kam rasch zum Grund seines Besuches. Er erklärte seinem Schulfreund die Sachlage.

„Ich habe da einige Fragen zu banktechnischen Dingen, Bernhard. Ich weiß, dass du mir nichts Konkretes sagen darfst, aber vielleicht hast ja den einen oder andern Tipp für mich."

Nach einigen Minuten des Nachdenkens schüttelte Bernhard den Kopf.

„Also aktuell fällt mir zu alldem nichts ein, aber ich kann mich ja mal umhören. Wenn ich dir irgendwie helfen kann, mache ich das gerne. Natürlich im Rahmen der gesetzlichen Vorgaben!", erklärte Bernhard seinem Schulfreund. Das könne halt nur sehr diskret geschehen. Sie unterhielten sich noch über verschiedene andere Themen. Gerber trank schließlich seinen Kaffee aus und bedankte sich bei Bernhard, rief bei der Terrassentür einen Gruß zu dessen Frau ins Haus und war wieder auf dem Weg zurück ins Büro.

Für heute würde er aufhören. Sein Kopf brummte. Das Gehörte musste erst verarbeitet werden. Als er beim Kirchenwirt vorbeifuhr, sah er dort eine Menge Autos stehen. ‚Na, ein kühles Bier als Absacker wäre ja nicht übel‘, sprach Gerber zu sich. Er parkte den Wagen beim Revier, legte die Akten in seinem Büro auf den Tisch und ging in den Gastgarten zu einem der leeren Tische. Er setze sich und sah an einem der Nachbartische eine fröhliche Damenrunde beim abendlichen Geplauder sitzen. Er gab der Kellnerin seine Bestellung und betrachtete diese Gruppe genauer. Dabei machte er seine eigenen, stillen und etwas verstaubten Feststellungen. Die Dame links am Tisch war schlank, hatte brünette Haare, eine spitze Nase und schmale Lippen. War sicher eine bissige Frau. Seine Mutter hatte immer gesagt: „‚Nimm dich in Acht vor Frauen mit schmalen Lippen, die keifen ständig!" Na ja, er wusste es ja nicht besser. Neben ihr saß eine Blondine im Minirock, mit große Oberweite und Kulleraugen. Gerber stufte sie als eine dieser Frauen ein, die schrecklich anstrengend sind. Die wollen sicher immer verhätschelt werden. Er wusste selber nicht, wie er zu dieser Feststellung kam. Er konnte da auch auf überhaupt keine eigenen Erfahrungswerte pochen. Die dritte Dame war klein, mollig, mit Brille, sie sprach andauernd. Da bräuchte man den ganzen Tag nichts sagen, sagte er zu sich, man käme ja auch gar nicht dazu. So analysierte er auch die anderen vier Frauen. An jeder dieser weiblichen Personen hatte er etwas zu bemängeln. So würde er wohl nie zu einer Frau kommen. Die müsste für ihn erst geboren werden! Und aus einem nicht nachvollziehbaren Grund musste er jetzt an Rosa denken. Es war ihm natürlich schon aufgefallen, dass sie ihn ein wenig anhimmelte. Aber erstens war er ihr Vorgesetzter, und zweitens war sie ja auch viel zu jung für ihn. Und überhaupt wollte er sich keine Gedanken über irgendwelche Weibspersonen machen. Dazu hatte er einfach keine Lust.

Schließlich sah er auf die Uhr. Ach, schon so spät! Er trank aus, bezahlte und fuhr nach Hause.

Nachdem ein Wochenende vor der Tür stand, wollte Gerber die Arbeit einmal vergessen. Er machte es sich auf der Wohnzimmercouch bequem. Die Post warf er, nachdem er sie aus dem Briefkasten geholt hatte, auf den Couchtisch und holte sich ein Bier aus dem Kühlschrank. Beim Durchsehen der Post fiel ihm wieder einmal auf, dass immer nur A. Gerber als Anschrift stand. Komisch, denn eigentlich hatte er einen schönen Vornamen: Anton. Aber schon in der Schule hatte man ihn nur Gerber genannt. Der Lehrer: „Gerber an die Tafel!" Die Schulkollegen: „He Gerber, pass auf!"

Einzig seine Mutter hatte ihn Anton gerufen, oder auch Toni, wenn sie ihn hätschelte oder stolz auf ihn war. Und auch im Berufsleben war er immer nur als Gerber bekannt. Da gab es sicher einige, die nicht einmal wussten, wie er mit vollem Namen hieß. Er hatte sich aber inzwischen daran gewöhnt und es störte ihn nicht mehr.

GSTANZL

Es gibt Weibal zu Hauf,
Schiache, schene, wasd magst.

Ganz egal wöche's d'nimmst,
Es ist klar, dass'd di plagst

Holladiridio, Holladrio
Holladiridio, was sagst denn da!

KAPITEL 17
Samstag, 20. Juni

Heute wollte Gerber endlich einmal in seinem Garten nach dem Rechten sehen. Es war nicht viel zu tun, außer den Rasen zu mähen, die längst verdorrten Äste der Sträucher im Komposter zu entsorgen und die alte Holzbank hinter dem Haus mal gründlich zu reinigen. Seine Mutter war oft hier gesessen und die Berge in der Ferne betrachtet. Sie wäre gerne mal dorthin gefahren. Blumen oder gar Gemüse gab es nicht, dafür war Gerber einfach zu ungeschickt, einen „grünen Daumen" hat er sowieso nie besessen.

Am späten Nachmittag war Gerber mit der Arbeit fertig und stellte sich unter die Dusche. Dann schaltete er den Fernseher ein und gönnte sich ein kleines Abendessen. Es gab nicht viel Auswahl, der Kühlschrank sah nicht besonders einladend aus, aber für ihn reichte es. Trotz der Berieselung durch den Fernseher schweiften seine Gedanken immer wieder zum Sprenglerhof. Eigentlich konnte er sich keinen der Ortsbewohner oder der Familie vorstellen, so ein Verbrechen zu begehen. Aber man kann halt in niemanden reinschauen. Gewisse kriminelle Energien werden in den Menschen durch die unterschiedlichsten Ereignisse ausgelöst.

Für ihn waren noch immer die Familienangehörigen die Hauptverdächtigen. Doch auch den Alois konnte man nicht außer Acht lassen. Oder gab es vielleicht einen völlig anderen Bezug zu dieser Tat? Im Fernsehen kamen nun die aktuellen Nachrichten, und das lenkte ihn vom Grübeln ab.

Für dieses Wochenende hatte sich Herbert mit einem Freund zu einer Radtour verabredet. Das Wetter war perfekt, auf den Straßen gab es wenig Verkehr. Gleich nach dem Frühstück hatte er sich aufs Rad geschwungen und war in Richtung Wald abgefahren. Das ergab für Elisabeth eine willkommene Gelegenheit, ihre Freundinnen zum Nachmittagstratsch bei Kaffee und Kuchen einzuladen.

Pünktlich um zwei Uhr standen die vier Damen vor der Türe: Cornelia, die Frau Bürgermeister, Erna, die jetzige Direktorin der Volksschule, Margarethe, von Beruf Friseurin und Lydia, die Inhaberin des kleinen Lebensmittelgeschäfts. Die fünf Frauen waren seit der Schulzeit miteinander befreundet und trafen sich regelmäßig. Alle machten es sich auf der Terrasse gemütlich und genossen den herrlichen Sommernachmittag. Nach dem üblichen Small-Talk über das Wetter und einem großen Lob über den wunderbaren Ribiselkuchen, brachte Cornelia das Gespräch auf das aktuelle Thema im Dorf.

„Was haltet ihr vom Mord am Sprengler Bauern. Ich tippe auf jemanden aus der Familie. Es ist ja kein Geheimnis, dass er alle misshandelt hat. Echt arg."

„Dann kommt wohl am ehesten Karl in Frage. Der ist der Kräftigste und hat sicher auf das Erbe spekuliert. Mit seinem Bruder Franz ist er ja auch nicht gerade grün", mutmaßte Margarethe und schob ein weiteres Stück Kuchen in den Mund.

„Warum soll es nicht Notburga gewesen sein? Der Krug geht so lange zum Brunnen, bis er bricht. Es wird ihr wohl gereicht haben", warf Erna ein. Sie hatte für jede Situation eine Redewendung auf Lager.

„Nein, er ist ja erschlagen worden", behauptete Cornelia.

„Woher weißt du das", warf Elisabeth ein.

„Na, wenn er einen zertrümmerten Schädel hat, kommt ja sonst nichts in Frage", gab Cornelia schnippisch zur Antwort.

„Wer sagt denn, dass es nicht ein Fremder war, vielleicht ein Landstreicher, der nach Bargeld gesucht hat", meldete sich nun Lydia zu Wort.

„Es wäre doch wirklich interessant, was die Sprenglerin dazu zu sagen hat. Wir könnten sie doch herüberbitten und ausfragen. Was meint ihr?", ließ Elisabeth verlauten. Die anderen Damen schreckten hoch und sahen sie ungläubig an.

„Aber geh, das ist doch unmöglich. Sie zählt auch zu den Verdächtigen. Wir setzen uns doch nicht mit einer mutmaßlichen Mörderin an einen Tisch!", entschied Erna resolut und bedachte Elisabeth mit einem vorwurfsvollen Blick.

Bald wechselten sie zu anderen Themen. Es wurde fröhlich gelacht, alte Anekdoten und die neuesten Witze erzählt und über verschiedene im Ort kursierende Gerüchte diskutiert. Gegen sieben Uhr machten sich die Damen, mit wenigen neuen Erkenntnissen, aber hochroten Köpfen, auf den Heimweg.

Eine Stunde später kam dann Elisabeths Mann nach Hause. Doch weder berichtete Elisabeth Einzelheiten von ihrem unterhaltsamen Nachmittag noch erzählte Herbert ihr etwas von seiner Radtour. Am Horizont zogen derweil die ersten dunklen Wolken auf.

Herbert war mit seinem Freund früh am Morgen mit dem Fahrrad unterwegs gewesen. Er wusste nicht, wie viele Kilometer sie heruntergestrampelt hatten. Das war ihm auch nicht wichtig. Beim Kirchenwirt kehrten sie gegen

Mittag ein, um eine Kleinigkeit zu essen. Herbert verabschiedete sich von seinem Freund und stieg auf das Rad, fuhr aber nicht nach Hause, sondern in die entgegengesetzte Richtung. Etwa fünf Kilometer nach dem Ortsende bog er in eine Waldlichtung ab, stieg vom Rad, versteckte es hinter einem Busch und wartete. Es dauerte nicht lange, bis ein kleiner, schnittiger, roter Sportwagen die Straße entlang fuhr, auf der Lichtung stehen blieb und mit Herbert in Richtung Stadt davonbrauste. In der kleinen Dachwohnung von Suzanna angekommen, ging Herbert unter die Brause und kam dann, mit sonst nichts als einem Handtuch um die Lenden, zurück in das kleine Wohnzimmer. Dort wartete Suzanna, seine Geliebte seit Jahren, im Negligé auf ihn, mit einem Glas Sekt in der Hand und lustvollem Augenaufschlag. Sie war eine jener Frauen, die schon Ende Zwanzig, aber noch immer ohne Bindung waren. Herberts Freunde würden sie als „heißen Feger" bezeichnen, schlank mit blonden lockigen Haaren, dem slawischen Gesichtszug und der sinnlichen Ausstrahlung. Sie war die Frau, nach der sich die Männer umdrehten. Da konnte sie gar nichts dagegen tun. Die Büroarbeit in einem Handelsbetrieb füllte ihr tägliches Leben aus. Sie hatte die Zeit ihrer Jugend vorbeiziehen lassen, um sich einen Mann zu suchen. Vielleicht wollte sie auch keine fixe Bindung eingehen. So hatte sie ein lockeres Leben, die eine oder andere Liebschaft und konnte tun, was ihr beliebte. Mit Herbert hatte sie zum ersten Mal eine Beziehung, die man als ernst bezeichnen konnte. Er war die Art von Mann, die Kraft und Geborgenheit ausstrahlten. Eigentlich genau das, was viele Frauen suchen. Als er so leicht bekleidet auf sie zuging, war sie erregt und blickte ihn auffordernd an. Es dauerte nicht lange und beide landeten auf dem Sofa, küssten sich leidenschaftlich, dabei entglitt ihm das Handtuch und sein nackter Körper bog sich voller Lust auf die unter ihm liegende junge Frau. Herbert hatte keinen Luxuskörper, aber er war für sein Alter noch ziemlich schlank und gut gebaut, hatte nur wenig Hüftspeck und konnte sich sicher ungeniert überall sehen lassen. Natürlich machte auch das regelmäßige Training viel aus. Nach dem heißen Liebesakt hatten beide Hunger. Suzanna holte eine Pizza aus dem Kühlschrank, die wurde in den Ofen geschoben und dann genüsslich gemeinsam verzehrt. Später saßen sie bei traumhaftem Sommerwetter mit einem Glas Rotwein auf dem kleinen Balkon mit einem fantastischen Blick über die Stadt.

„Was meinst du", fragte Suzanna vorsichtig, „sollen wir deiner Frau nicht bald einmal Bescheid geben?"

Er zuckte abwehrend mit den Schultern

„Ich weiß nicht, Schatz, dazu brauche ich den richtigen Moment, sonst versteht sie das nicht."

Sie blickte ihn etwas enttäuscht an und steckte sich mit ihren langen, rosa lackierten Fingernägeln ein paar Krümel aus der Pizzaschachtel in den Mund.

„Ich denke halt, schön langsam wird das Versteckspiel immer schwieriger und irgendwann wird uns jemand sehen, der dich kennt. Dann erfährt sie es von einem Fremden."

Herbert sah sie von der Seite an. Mein Gott, was war sie für ein Honigpferdchen. Er erinnerte sich noch genau, wie er vor drei Jahren mit seinem Radkollegen einen Zwischenstopp in einem Gastgarten eines Nachbarortes gemacht hatte. Suzanna saß am Nachbartisch. Es hatte nur eines Augenblicks bedurft und es war um ihn geschehen. Sie hatte ihn kurz angelacht, er hatte vor Überraschung das Bierglas anstatt auf den Tisch daneben gestellt. Die Folge war ein Glasbruch mit tausenden Scherben und eine große Bierpfütze.

Suzanna war so geschmeidig, so weich und lustvoll. Ganz im Gegensatz zu seiner Frau. Einmal im Monat gab es mit ihr ein wenig Sex, aber er merkte sofort, dass Elisabeth total verkrampft reagierte. Und ihr vorgespieltes Gestöhne ging ihm manchmal derart auf den Geist, dass ihm jede Lust verging. Mit dem ehelichen Liebesleben konnten sie beide wenig anfangen. Herbert fragte sich manchmal, wie er das nur so lange ausgehalten hatte. Abgesehen von ein paar auswärtigen Quickies, war er immer ein anständiger Ehemann gewesen. Aber jetzt mit Suzanna, das war echte Liebe, voll Lust und Feuer. Er hätte sie oft zwei- oder dreimal am Tage lieben können, wäre da nicht immer dieser Zeitdruck.

Suzanna winkte mit ihrer Hand vor seinen Augen hin und her.

„Hallo Schatz, wo bist du bloß wieder mit deinen Gedanken", lachte sie ihn an. Er dachte noch ‚sie hat ja recht, worauf warte ich noch'. Aber er konnte sich noch nicht durchringen, seiner Frau die Wahrheit zu sagen. Innerlich regte ihn das mächtig auf, weil er sich auch als feige empfand.

Gegen Abend brachte Suzanna ihn wieder zurück bis zur Waldlichtung, zum Abschied küssten sie sich noch einmal innig, dann schwang Herbert sich auf sein Rad und fuhr nach Hause.

GSTANZL

Wuisst was Neichs hearn vom Dorf,
Stöllst die zum Krama nei.

Erfahrst a jeds kloans Gerücht,
Muass ned ois wahr sei.

Holladiridio, Holladrio
Holladiridio, was sagst denn da!

Kapitel 18
Montag, 22. Juni

Karl hatte heute einen Termin bei der Bank wegen des neuen Traktors. Er brauchte einen Kredit, damit der alte Traktor endlich weggegeben und die Felder wieder ordentlich bestellt werden konnten. Er hatte sich extra ein Modell ausgesucht, welches gebraucht, mittelklassig und nicht extrem teuer war. Da würde er locker einen Kredit genehmigt bekommen. Leider war Karl nicht der beste Verhandler, weil er bei jedem kleinen Problem sofort auf die Palme stieg. Weiters hatte er auch völlig außer Acht gelassen, dass ein neuer Hofbesitzer da war und er somit keine Ansprüche mehr auf den Hof vorweisen konnte. Das Gespräch verlief für Karl daher nicht besonders gut. Der Direktor beteuerte seinen ablehnenden Entschluss mit dem Hinweis auf die unklare Finanzsituation des Hofes sowie dessen Besitzverhältnisse. Die Bargeldreserven waren gering und eine Belehnung des Hofes zu den aktuellen Bedingungen nicht machbar. Er hatte schon von dem Testament erfahren und konnte nichts machen. Karl verließ die Bank mit Wut im Bauch, war verkrampft und fühlte sich von allen hintergangen. Seit dieser Fremd- ling aufgetaucht war, lief überhaupt nichts mehr rund. Er ging zum Wirt und bestellte sich ein Bier, das er in einem Zug leerte. Rasch bestellte er die zweite Halbe. Da er allein am Stammtisch saß, konnte er seinen Frust auch mit niemandem teilen. Das war für einen, wie Karl, gar nicht gut. Er sinnierte sich in eine Art Wutrausch hinein, wollte alle fertig machen und schlug immer wieder mit der Faust auf den Tisch. „He, jetzt hörst aber auf, sonst gehst gleich heim!", schrie ihn der Wirt schließlich an, der schon bemerkt hatte, dass Karl innerlich kochte. Karl warf das Geld für seine beiden Biere verächtlich auf den Tisch und verließ mit einem bösen Blick auf den Wirt die Gaststube, nicht ohne die Türe ordentlich ins Schloss zu werfen. Der Wirt sah ihm kopfschüttelnd nach „Der wird immer mehr wie sein Vater", brummte er vor sich hin. Karl fuhr mit Vollgas weg und bog schließlich in die Seitenstraße zum Bauernhof ein. Das Auto stellte er ab, warf die Wagentüre geräuschvoll zu und stapfte ins Haus. In seinem Kopf rauchte es. ‚Des soi er mir büaßn, der Idiot vo Bankmann. Was glaubt der eigentli, wer er ist. So ein Trottel!' Mit solchen Beschimpfungen holte er sich aus dem Schrank die Flasche Enzian und ein Glas. Rasch hintereinander leerte er drei Stamperl. Dann fiel ihm ein, dass er eigentlich seinem Bruder das ganze Schlamassel umhängen könnte. Der Franz sollte schuld sein, wenn nichts mehr funktionierte. ‚Der ist do eh so gscheid, so technisch voi drauf. Dann soi er se amoi um den Traktor kümmern.' Karls Kopf war inzwischen hochrot geworden, sein Herz raste, weil er sich so derart aufregte. Sein Puls war sicher auf einen Höchstwert gestiegen, auch wegen des bereits konsumierten Alkohols. Trotz seiner Jugend, war sein körperlicher Zustand durch den vielen Alkohol schon angegriffen. Schließlich erhob er sich, holte den großen Schraubenschlüssel aus der Werkstatt und ging hinter die Remise auf die Weide, wo der alte Traktor stand. Er hob die Motorabdeckung hoch und schraubte einige der Schrauben leicht locker. Dann kehrte er mit einem bösen Grinsen zurück ins Haus. Viele seiner Boshaftigkeiten stellten sich später als völlig sinnlos heraus, aber Karl brauchte diese Handlungen, um sich abzureagieren. Für den direkten Konflikt war er viel zu feige, außer seine

Kumpels gaben ihm Schützenhilfe. Nur bei Frauen war er wie sein Vater. Seine letzte Freundin hinkte noch immer, weil er ihr mit einem Besenstil auf die Füße geschlagen und ihr dabei den Unterschenkel gebrochen hatte.

10:00 Uhr

Am Bahnhof in der Stadt befand sich das große Zolllager einer bekannten Spedition. Die eingehenden Züge und LKWs holten und brachten Waren aus ganz Europa, manchmal sogar aus Übersee. Durch das an der Lagerhalle vorbeiführende Gleis wurden auch die Waggons gleich dort abgeladen. Die zuständigen Zollbehörden hatten oft bis tief in die Nacht zu tun. Alois bog um die Ecke und betrat eines der Büros. Zollinspektor Weidinger saß an seinem Schreibtisch und schrieb einen Bericht auf seinem Computer. „Servus", sagte Alois beim Eintreten und setzte sich ohne Aufforderung des Beamten auf einen der freien Gästestühle. „Ah, der Alois. Was brauchst?", antwortete Weidinger kurz. Er konnte diesen Schnösel überhaupt nicht leiden, aber das kleine Kuvert, das nach jedem seiner Besuche auf dem Tisch lag, wollte er auch nicht missen.

„Sag mal, wie schaut es mit meinen Papieren aus? Hast du schon was machen können?", Alois sah seinem Gegenüber aufmerksam ins Gesicht. Er war geschult und erkannte gut, wenn ihm jemand nicht die Wahrheit sagte. Weidinger wurde etwas nervös und meinte „Das wird schon erledigt, keine Sorge!"

Alois erhob sich, griff plötzlich mit seiner Rechten über den Tisch und fasste Weidingers Hand. Dabei bog er ihm den kleinen Finger so weit nach hinten, dass Weidinger kurz aufschrie. „Solltest du mich verarschen, könnte das schlecht für dich ausgehen. Verstanden!" Mit einem Lächeln verließ Alois das Büro und Weidinger sah ihm mit schmerzverzerrtem Gesicht nach. „So ein blöder Sack. Au, verdammt!", zischte er und rieb sich den verdrehten Finger.

Alois wusste, dass ihm Weidinger nicht ankam. Er hatte ihn, den gut verheirateten Mann, in der Hand. War der doch einige Male Gast in seinem Laufhaus, und da hatte Alois so manchen kleinen Film gedreht.

Seine Maschinen waren seit wenigen Tagen im Zoll-Lager und er brauchte für sie einwandfreie Papiere. Nachdem die Abhandlungen am Bauernhof sich verzögerten, war keine große Eile geboten. Aber man musste manchmal ein wenig nachhelfen und sich in Erinnerung rufen.

Dann fuhr Alois in seine Wohnung, rief seine beiden Helfer zu sich und beriet, wie man den Anschlag auf ihn rächen konnte. Noch war Alois nicht bekannt, wer das gemacht hatte, aber er hatte so seine Methoden, um an Informationen heranzukommen.

„Olaf, ihr werdet in den nächsten Tagen zum Dorfwirt fahren. Hört euch mal sehr vorsichtig um, ob jemand etwas weiß. Und dann kommt ihr mit jeder Information, egal wie klein, sofort zu mir. Wäre doch gelacht, wenn wir die Bauerntrottel nicht in die Schranken weisen könnten!"

Alois deutete seinen Helfern an, dass das Gespräch beendet war und wandte sich anderen Dingen zu.

14:00 Uhr

Der Tag brachte kühlere Luft aus dem Norden und einen leichten Wind. Endlich war etwas Abkühlung zu spüren. Das Wetter würde bald umschlagen, laut Wetterbericht sollte Regen kommen, vielleicht sogar Gewitter. Viele warteten sehnlichst darauf, damit die Luft sich endlich verbessern konnte und auch die Straßen durch den Regen vom heißen Staub befreit würden.

Sabine, die Tochter des Bauern, war gerade in der Küche, als sie glaubte, einen Schatten vorbeihuschen zu sehen. Sie öffnete das Fenster, konnte aber nichts erkennen. Irgendwie hatte schon jeder in diesem Haus Halluzinationen, wie es schien. Sabine war ein hübsches und kluges Mädchen. Sie hatte die Schule gerade sehr gut beendet und machte sich Gedanken darüber, wie sie ihr weiteres Leben planen sollte. Sie glich ihrer Mutter vom Aussehen her am meisten, auch ihr Gemüt war dem der Mutter gleich. Weich, wenig Widerstand und gutmütig. Mit ihrem Freund Max hatte sie gewaltiges Glück. Wenn er auch eher zu den wilden Burschen zählte, hatte er doch nicht diesen Hang zu Gewalt und Sadismus, wie ihr Bruder.

Sabine machte sich daran, die vorbereiteten Knödel zu drehen. Zweihundert Stück waren zu verarbeiten. Ein Teil davon wurde eingefroren, der andere gleich heute gekocht. Nach einiger Zeit war sie in Gedanken versunken und dachte an ihren Vater, der ihr so viel Böses angetan hatte. Und doch tat er ihr leid. Seine Wut und seine Aggression hatten ihm sein ganzes Leben versaut. Sie blickte mit einem tiefen Seufzer durchs Fenster auf die Wiesen und die schemenhaften Berge am Horizont. Genau in diesem Moment gab es einen fürchterlichen Knall. Sie erschrak. Der Knödel, den sie gerade mit ihren

Händen drehte, klatschte zu Boden. Der fettige Inhalt verteilte sich auf den Fliesen. Schnell rannte sie ins Freie und wusste nicht, wohin sie zuerst schauen sollte. Was war da geschehen? Sie lief zum Stall und sah nach, dort konnte sie nichts erkennen. Sie ging zum Geräteschuppen, auch da war nichts zu bemerken. Sie lief durch das Hoftor hinaus. „Herrgott noch mal, das war doch keine Einbildung", rief sie laut und ging zurück in den Hof. Dann bemerkte sie eine dünne Rauchsäule hinten auf der Weide. Sie rannte durch den Stall zum Weidetor. Ihre beiden Brüder standen mit verrußten Gesichtern vor dem alten Traktor. Der hatte jetzt komplett den Geist aufgegeben. Der Knall war eine Fehlzündung oder etwas Ähnliches gewesen. Karl schimpfte laut vor sich hin.

„Des war Sabotage, da hat wer was umadum bastelt", sagte er zornig zu seinem Bruder Franz und sah ihn von der Seite scharf an. Franz blickte mit hängenden Schultern auf das rauchende Gerät. „Wia soi jetzt de Arbeit am Hof gmacht werdn, ohne Traktor geht des ned", jammerte Franz mit verzweifeltem Kopfschütteln und Sorgenfalten auf der Stirn.

„Du hättst ja bessa schaun kinna, wannst eh oiwei ois so guat woasst", giftete Karl seinen Bruder an. Franz, der wie immer nicht so rasch auf die Angriffe seines Bruders zu reagieren vermochte, kratzte sich am Kopf. „Ih hab aber bis jetzt ned gmerkt, dass bei da Zündung was ned in Ordnung is", war seine unsichere Antwort.

Sabine stellte sich zwischen die beiden und blickte auf den Traktor, der völlig verrußt und stinkend vor ihnen stand. Franz senkte den Kopf und wendete sich ab, um in Richtung Stall zu gehen. Angst kroch in Sabine hoch.

„Was mach ma jetzt, sche langsam kinnan mia den Hof

aufgebm, weil eh nix mehr funktioniert und keif ned oiwei den Franz an. Der kann nix gegn die altn Rostmaschinen macha", entgegnete sie Karl laut schimpfend und Tränen in den Augen. Mit geballten Fäusten sah sie ihren Bruder zornig an, drehte sich um und stapfte zerknirscht zurück ins Haus. Sie drehte die Knödel weiter, aber die waren längst nicht mehr so rund wie vorher.

15:00 Uhr

Schön langsam wurde der Druck auf den Inspektor und sein kleines Team größer. Die örtliche Presse schrieb mit kleinen Spitzen über unfähige Polizeiarbeit, schlechte Tatort-Absicherungen, Fehler in den Protokollen, halt „die Dilettanten vom Land". Woher die immer solche Details wussten, war Gerber schleierhaft. Gerber ärgerte diese journalistische Polemik. Er wusste selber, dass er seine begonnenen Recherchen weiter ausdehnen musste. Die Informationen des Bankdirektors hatte er schon vorliegen. Leider war, außer den bereits bekannten Fakten, nichts Neues dazugekommen.

Dann wollte er Alois noch einmal zu sich bitten. Vielleicht kam irgendein Hinweis oder ein Wort, das er falsch von sich gab und welches er dann als Angelhaken verwenden konnte. Er würde versuchen, ihn mit der einen oder anderen Fangfrage in die Enge zu treiben. Möglicherweise hatte er doch mehr als angenommen mit dem Tod seines Vaters zu tun. Nachdem er einige Telefonnummern gewählt hatte, erreichte er Alois endlich am Handy seines Rechtsanwaltes. „Teichmann", kam schroff durchs Telefon. Gerber gab sich zu erkennen und bat darum, mit Alois sprechen zu dürfen.

„Der ist gerade da", gab Dr. Teichmann das Telefon weiter an Alois. Alois hatte ein neues Handy mit neuer Nummer. Der Inspektor bat Alois für den nächsten Tag zu sich. „Ich habe noch einige Fragen."

Er wollte zu diversen Kleinigkeiten Auskunft, weil es noch einige Wissenslücken gab.

Dann fiel dem Inspektor ein, dass er noch immer nicht wusste, wer der Besitzer des verrückt überholenden Pkws war. Er ging ins Büro seiner Assistentin.

„Rosa, hast du schon den Halter des Kennzeichens, das ich dir durchgegeben habe, herausgefunden?"

Da Rosa gerade telefonierte, zeigte sie mit dem Zeigefinger auf seine Schreibtisch-Ablage, wo sich schon ein mittlerer Berg an Papieren angehäuft hatte. Da lagen die nicht erledigten Akten und andere offene Daten für den Inspektor. Er ging also in sein Büro zurück, nahm den ganzen Stoß an sich und begann ihn durchzublättern. Als drittes Blatt fand er die Lenkererhebung und staunte nicht schlecht, als er den Namen des Besitzers las.

Kapitel 19
Dienstag, 23. Juni, 10:30

Dieser Tag begann trübe. Der Himmel war dunstig, einzelne Frühnebelwolken und leichter Wind wehte über das Land. Elisabeth wollte sich an diesem Vormittag ganz dem Hausputz widmen. Nachdem Herbert gefrühstückt und ins Büro gefahren war, packte sie Besen, Eimer und Putztücher und begann im ersten Stock mit dem Saubermachen. Sie stellte das Radio etwas lauter, es war gerade das Lied „Azzurro" von Adriano Celentano zu hören. Sie begann ihre Putzattacke voll Schwung und guter Laune im Obergeschoß. Ein alter Italo-Schmalztitel trällerte fröhlich durch den Äther. Elisabeth sang laut und falsch mit. Sie lüftete die Zimmer, nahm die Gardinen zum Waschen ab und reinigte die Fenster. Dann öffnete sie die Schränke, nahm alle Kleidungsstücke heraus und ordnete sie neu ein. Zwei Anzüge ihres Mannes mussten in die Reinigung. Elisabeth griff in alle Taschen, um keinen Inhalt zu übersehen. In Herberts grauer Lieblingshose fand sie einen zusammengefalteten Zettel. Eine Rechnung über 1.000 Euro von einem Juwelier in der Stadt. Etwas verstört hielt sie in ihrem Schwung inne und blickte auf den Beleg. Hatte sie da etwas übersehen? Geschenkt hatte ihr Herbert schon lange nichts mehr, oder wollte er ihr etwas schenken? Noch dazu so etwas Teures! Elisabeth sah auf das Datum. Die Rechnung war vom letzten November. Nervös und mit gerunzelter Stirn legte sie dieses Blatt Papier zur Seite und nahm die begonnenen Reinigungstätigkeiten wieder auf. Ihre gute Laune war verflogen. Als sie dann im Keller den letzten Müllsack entleert hatte, ging Elisabeth zurück ins Haus und nahm die Rechnung nochmals zur Hand. Sie schüttelte den Kopf. Sie würde Herbert am Abend fragen, was das zu bedeuten habe.

Als er gegen sieben Uhr nach Hause kam, legte sie ihm sofort und ohne Worte die Rechnung hin und sah ihn zugleich mit hochgezogenen Augenbrauen an. Er zögerte leicht, strich sich mit den Fingern über seine Augen und sagte schließlich mit einem schrägen Lächeln:

„Oh ja, ich kann mich schon wieder erinnern, die Rechnung habe ich für einen Kollegen eingesteckt. Der kaufte seiner Frau ein Geschenk und wollte nicht, dass sie diese Rechnung findet."

Elisabeth bemerkte ein kurzes Zittern seiner Hand, war aber nach der Antwort ihres Mannes wieder besänftigt und warf die Rechnung zum Papierabfall. Elisabeth glaubte ihrem Mann diese doch ziemlich einfältige Erklärung. Mit einem erleichterten Seufzer fragte sie Herbert, ob er das Abendessen schon wolle. „Heute gibt es kalten Nudelsalat und als süße Nachspeise einen Apfelkuchen."

10:30 Uhr

Gegen halb elf Uhr war Alois im Revier und ging in das Büro des Inspektors. Er hatte eigentlich etwas anderes vorgehabt, aber der Inspektor hatte ihn mit Nachdruck zu diesem Besuch aufgefordert. Gerber bot ihm einen Platz an. Rosa kam ebenfalls ins Zimmer zum Protokollieren. Alois warf ihr einen kurzen prüfenden und abschätzenden Blick zu, stellte aber sofort fest, dass das keine für ihn war. Was immer er damit meinte.

Zuerst fragte ihn Gerber nach belanglosen Kleinigkeiten. Dann begann er sich langsam in eine bestimmte Richtung zu drehen. „Erzählen Sie. Wann haben Sie ihren Vater das erste Mal gesehen."

„Tja, vor einigen Jahren war er einmal in unserer Gegend. Meine Mutter kam gerade vom Einkaufen, als sie ihn auf der Straße traf. Na, und dann hat sie ihn mit in die Wohnung genommen und ihn mir vorgestellt. Ich wollte zuerst gar nicht mit ihm reden, weil ich ihn ja nicht gekannt habe, aber dann sind wir doch ins Gespräch gekommen. Später haben wir uns in unregelmäßigen Abständen getroffen."

Da Alois ohne Hintergedanken alles berichtete, weil er darin keine Gefahr für sich sah, traf Gerber immer genauer auf den Punkt, zu dem er noch mehr wissen wollte.

„Sie waren ja vor einigen Jahren wegen angeblicher Drogendelikte von der Polizei verhört worden. Haben Sie zu dieser Szene oder zu den ehemaligen Freunden noch immer Kontakt?", wollte Gerber wissen.

Jetzt wurde Alois langsam misstrauisch.

„Was soll das jetzt? Die Geschichte ist doch schon mehr als verjährt. Ich bin völlig clean, dieses Geschäft geht mich nichts mehr an", erwiderte er leicht erbost, wobei er sich gleichzeitig etwas nervös mit der Hand durch die Haare fuhr. Der Inspektor hatte schon gedacht, jetzt wäre er ihm nähergekommen, aber mit dem Drogenthema war das beinahe kameradschaftliche Verhältnis sofort wieder auf Eis gelegt. Alois war sicher nicht besonders schlau, aber er war auch nicht dumm. Er hatte einen ausgeprägten Sinn dafür, eine Gefahr zu wittern. Wie eine Muschel hatte er sich wieder verschlossen. Nach mehr als einer halben Stunde wurde das Protokoll unterzeichnet und Alois konnte das Revier wieder verlassen. Er schüttelte den Kopf und sah mit bösem Blick zum Fenster des Polizeireviers. Dann stieg er ins Auto und fuhr mit quietschenden Reifen vom Gehsteig weg.

12:00 Uhr

Olaf und Sven waren zu Mittag beim Kirchenwirt einge-
kehrt. Natürlich fielen die beiden Typen in so einem kleinen Dorf auf. Sven gab Olaf immer wieder einen Hinweis
sich ruhig zu verhalten. Beide hatten sich ein Schnitzel
bestellt und eine Halbe Bier. Als das Bestellte vom Wirt
gebracht wurde, blieb der kurz beim Tisch stehen.

„Na, wie gefällt es euch hier am Land", begann der Wirt
ein Gespräch. „Danke gut, aber wir sind nur auf der
Durchreise", antwortete ihm Sven. „Ah, das hab ich mir
schon gedacht, na dann Guten Appetit", gab sich der
Wirt etwas enttäuscht über die karge Antwort zufrieden.
Gerne hätte er gewusst, was zwei so schräge Vögel hier
in Tutzenbach wollten. Nach dem Essen gönnten sie sich
noch einen Espresso und ein Glas Fernet. Zum Rauchen
mussten sie nach draußen hinter den Gasthof gehen. An
einem der Stehtische, an dem sich die Raucher aufhielten,
standen drei Burschen mit ihren Glimmstängeln. Einer der
drei meinte: „Des war a coole Aktion, oder? Da habm mir .
vom Karl amoi an geilen Einsatz kriagt." Dann lachten die
drei. Obwohl Olaf und Sven Norddeutsche waren, hatten sie doch einen Teil der Unterhaltung verstanden. Sie
bezahlten und riefen sofort Alois an, um über das Gehörte
zu berichten. „Ich hab es mir gleich gedacht, dass der
Spinner was damit zu tun hat. Ok, ihr wartet außerhalb
des Ortes auf meine weiteren Anweisungen." Die beiden
Männer fuhren also mit dem Wagen aus dem Dorf und
parkten bei einer kleinen Parknische neben der Straße.
Nachdem Alois sie in einem zweiten Anruf über die weitere Vorgehensweise instruiert hatte, warteten sie dort, bis
es dunkel wurde.

Kapitel 20
Mittwoch, 24. Juni, 09:00 Uhr

‚Es ist schon verrückt!', dachte sich Gerber, als er vom Parkplatz zum Büro schlenderte. ‚So ein schönes Land und doch gibt es Menschen, die nur noch das Böse sehen'. Vor der Türe blieb er kurz stehen und sah zum blitzblauen Himmel hoch. Heute Nacht hatte Nieselregen das Land benetzt und es duftete nach frischer Erde. Leichte Dunstnebel zogen über die Wiesen, die Sonne war noch nicht richtig zu sehen. Gerbers Gedanken waren schon wieder beim Mordfall Sprenglerhof. Auf den Straßen herrschte geschäftiges Treiben, wie immer am Morgen. Die Menschen fuhren zur Arbeit.

Der Büroalltag des Inspektors begann ruhig. Seine Tasse Kaffee hatte ihm Rosa schon auf den Schreibtisch gestellt. Er ordnete Akten, schrieb halb-fertige Protokolle zu Ende und dann machte er sich eine Liste mit den anstehenden Aufgaben zum aktuellen Fall. Heute wollte er den Bankdirektor anrufen und ihn zu den offenen Punkten befragen. Dann würde er zum Bauernhof fahren und auch beim Nachbarn noch einmal vorbeischauen.

Die Auswertung aller gefundenen Gegenstände war vom Labor beendet, jetzt musste der Tathergang detailliert rekonstruiert werden. Er rief nach Rosa und seinen beiden Kollegen, um ihnen in seinem Büro über den derzeitigen Stand der Dinge zu berichten. Als sie vor seinem Schreibtisch saßen, begann Gerber seine Ausführungen.

„Der Bauer war, laut Bericht der Pathologie, gegen 00:20 Uhr umgebracht worden, das steht fest." begann Gerber seine Fakten.

„Der Täter musste zu Fuß zum Hof gekommen sein oder er hatte sich bereits am Hof befunden. Ob er auf der Straße oder über die Wiese oder Felder gegangen war, kann noch nicht, beziehungsweise nicht mehr, nachgewiesen werden. Dazu waren Tiere und Menschen schon zu viel auf den Spuren herumgetrampelt. Es kommt sowohl ein Mann als auch eine Frau als Täter oder Täterin in Frage.

Das Tatwerkzeug muss ein schwerer Gegenstand aus Holz, eine Stange, ein großes Werkzeug oder ein ähnlicher Gegenstand gewesen sein. Es könnte aber auch ein mit Holz verkleideter Gegenstand in Frage kommen. Dieser ist leider bis jetzt nicht gefunden worden.

Das Tatmotiv ist noch unklar. War es Geldgier, Eifersucht, Rache oder ein ganz anderer, banaler Grund?"

Nach diesen Detailbeschreibungen lehnte sich Gerber in seinem Sessel zurück.

Rosa meinte noch: „Was ist, wenn es doch einer aus der Familie war? Das können wir ja noch immer nicht ausschließen."

„Was ist mit diesem Alois?", meinte ein anderer Kollege.

„Hat der vielleicht doch mehr gewusst, als er zu Protokoll gegeben hat?" Gerber schüttelte den Kopf:

„Also ich habe mit ihm vor Kurzem gesprochen. Der hat etwas anderes am Laufen, aber ich denke er hat den Bauern nicht umgebracht."

Gerber hat die Wand gegenüber von seinem Tisch für die Anbringung der Fotos gerichtet. Da wurden dann noch mit Filzstift Pfeile und Kreise gemalt. Die Beziehungen der einzelnen Personen waren, soweit bekannt, ebenfalls notiert. Nach einer halben Stunde des Diskutierens begann Gerber sein Puzzle zusammenzubauen. Jetzt wollte oder musste er halt noch die wenigen fehlenden Teile finden.

Er entließ Rosa und die Kollegen mit der Bitte, sich noch einmal alle vorliegenden Fakten durchzulesen. Vielleicht hatten sie eine wichtige Kleinigkeit übersehen.

Gerber zog seine Jacke an und setzte die Kappe auf. Dann nahm er seine Unterlagen, rief Rosa und ging mit ihr zum Auto.

Ehe Gerber ins Auto einstieg, fiel ihm noch ein, dass er den Besitzer des Autos anrufen wollte, welcher derart schnell an ihm vorbeigerast war. Er begab sich noch einmal zurück ins Büro und wählte die auf dem Schriftstück angeführte Nummer. Am anderen Ende des Telefons meldete sich eine Frau. Der Inspektor fragte nach dem Abteilungsleiter und wurde weiterverbunden. Als er ihn am Apparat hatte, fragte ihn der Inspektor, wohin er denn am Freitag so rasch fahren musste. Am anderen Ende herrschte kurz Stille.

„Ja, wissen's", meinte die Person am anderen Ende der Leitung, nachdem dieser sich anscheinend von einem kurzen Schock erholt hatte, „ich war zu spät dran und hatte einen Termin in der Stadt, den ich auf keinen Fall versäumen wollte. Ich habe es aber dann selbst gemerkt, wie schnell ich war und bin gleich wieder vorschriftsmäßig unterwegs gewesen." Gerber ermahnte den Abteilungsleiter, teilte ihm mit, dass es beim nächsten Mal eine Strafe geben werde und beendete das Gespräch. ‚So ein Schlawiner', brummelte der Inspektor ‚da ist doch was anderes im Busch'.

Jetzt wollte er aber keine Zeit mit diesen Dingen verschwenden. Er berichtete Rosa während der Fahrt zum Sprenglerhof von dem Telefonat. Wie immer blieb er kurz vor der Einfahrt stehen und stieg aus. Sie spazierten langsam auf den Hof zu, wobei Gerber auch einen interessierten Blick auf das Nachbarhaus warf. Dabei überlegte er genau, was alles schon gefragt worden war und welche Dinge noch nicht klar erschienen. Vor dem Tor des Bauernhofes bog Gerber links ab und wollte von der Rückseite in den Hof hineingehen.

„Rosa komm, wir müssen nochmals alles genau prüfen. Es ist irgendetwas da, wir haben es nur noch nicht gesehen", forderte er Rosa auf mitzukommen. Entlang der Ackergrenze befanden sich Holzpfosten, die in den Boden geschlagen waren und als Stützen für den Weidezaun dienten. Aus einer reinen Eingebung heraus griff der Inspektor nach einem dieser Pfosten, der wie zufällig etwas schräg in der Erde steckte und wollte ihn gerade richten. Dabei bemerkte Gerber, dass dieser Holzpflock sehr locker saß. Er zog ein wenig daran und hatte plötzlich den ganzen Pfosten in der Hand. Überrascht betrachtete er ihn und sah, dass er am Ende zugespitzt war und der untere Teil in einer Metallhülse steckte. An der Spitze war ein Stück abgebrochen. Gerber fand ganz eigenartige dunkle Flecken darauf. Zuerst glaubte er, es sei Erde, doch dann war er sich doch unsicher und nahm dieses Teil zur Untersuchung mit ins Labor.

„Rosa, schau mal, was ich da habe", rief er seiner Assistentin zu. Er übergab Rosa den Holzpfosten und sie verstaute ihn im Kofferraum des Wagens. Mit einem tiefen Seufzer schloss sie den Kofferraumdeckel und bat inständig nach oben, dass es sich um die Tatwaffe handeln könnte. Ihr Chef tat ihr schon leid, weil sich in dieser Sache so überhaupt nichts bewegte. Dann gingen beide zurück in den Hof, setzten sich auf die Hausbank und Rosa machte einige Eintragungen im Notizbuch.

Wenige Minuten später bog Notburga um die Ecke. Als sie die Beamten sitzen sah, stutzte sie und wollte wieder umdrehen. Sie erkannte aber, dass es zu spät war, sich unbemerkt von dannen zu machen. Langsam ging sie auf den Inspektor und Rosa zu und blieb vor ihnen stehen. Gerber erhob sich, grüßte sie und bat sie, sich kurz zu ihnen zu setzen. Rosa stand auf, um ihr Platz zu machen. Sie rückte ganz an den Rand der Bank, so als wollte Gerber sie unsittlich berühren.

„Wie geht es Ihnen?", fragt er.

„Geht scho", war ihre einsilbige Antwort.

„Was werden Sie machen, wenn der neue Hofbesitzer seine Ansprüche geltend macht? Haben Sie sich darüber schon Gedanken gemacht?", versuchte der Inspektor Schwung ins Gespräch zu bekommen. Notburga blickte in die Ferne, als ob sie an schöne Urlaubstage denken würde, kniff die Augen zusammen und meinte dann mit harter Stimme:

„So weit wirds ned kemma, des schwör ih eahna. Egal wir d'Zukunft ausschaut, soweit wirds ned kemma!", und um diese Aussage zu bekräftigen, nickte sie eifrig dazu.

Die Hände hatte sie zu Fäusten geballt. Schließlich richtete sie sich auf und gab sich anscheinend dadurch selber Kraft.

„Habm's nu Fragen?", meinte sie grantig, blieb vor dem Inspektor leicht abgewandt stehen und sah ihm von oben herab ins Gesicht. Rosa hatte sie völlig ignoriert.

„Ja", sagte Gerber darauf „haben Sie einen Verdacht, wer Ihren Mann umgebracht haben könnte?"

Sie drehte den Kopf in Richtung der Hügel. Das war ihr anscheinend egal. Sie hatte jetzt andere Sorgen. Dann schüttelte sie den Kopf und meinte:

„Na! Se werdn den scho findn! Da mach ih ma koane Sorgen."

Sprachs und verschwand im Haus. Der Inspektor saß

noch einige Minuten still auf der Bank und dachte nach.

„Was meinst, Rosa. Haben die was zu verbergen, was wir noch nicht gefunden haben? Sie ist schon eine hantige Person." Er konnte sich gar nicht vorstellen, dass sie einst ein zartes, hübsches Mädchen war. Dann sprang er plötzlich auf, deutete Rosa und ging eilig durch das Tor auf die Straße.

„Rosa, mach du noch einmal einen Besuch beim Nachbarn. Die Frau ist daheim. Viellicht kannst du, sozusagen von Frau zu Frau, noch etwas herausfinden".

Rosa war erfreut darüber, endlich auch selbständig arbeiten zu dürfen und machte sich schnurstracks auf zum Nachbarn. Elisabeth war gerade beim Bügeln und konnte dabei durch das Fenster die Straße überblicken. Als sie Rosa am Gartentor stehen sah, lief sie gleich nach unten, um ihr zu öffnen.

„Haben Sie einen Augenblick Zeit?", fragte Rosa. Elisabeth bat sie herein. Die beiden Frauen setzten sich auf die Terrasse und Elisabeth gab Rosa ein Glas frischen Holundersaft.

„Schön haben Sie es hier", begann Rosa die Unterhaltung. „Leben Sie gerne auf dem Land?" Elisabeth dachte ein wenig nach. „Ja schon. Es ist so ruhig und entspannend. Keine Autos, kein Lärm. Obwohl ich anfangs nicht sehr glücklich war. Aber man gewöhnt sich daran, und jetzt möchte ich nicht mehr tauschen."

„Wie war denn Ihre Beziehung zum Nachbarn. Hatten Sie manchmal mit der Frau Moosberger Kontakt."

„Na ja, eigentlich wenig. Die Frau war ja Tag und Nacht zur Arbeit eingespannt. Da fand sich keine Zeit für ein Plauscherl. Es hätte mich schon interessiert, wie sie so ist. Mein Mann war manchmal drüben, um dem Bauern zu helfen. Aber sonst hatten wir wenig Kontakt. Eigentlich schade, nicht?", gab Elisabeth sich ein wenig traurig selber eine Erklärung.

„Sie können uns auch keine weiteren Informationen zu jenem Tag, als der Bauer ermordet worden ist, geben. Oder ist ihnen noch etwas eingefallen?" Rosa sah Elisabeth erwartungsvoll an. Die schüttelte aber nur den Kopf.

Rosa bedankte sich für das Gespräch und das Glas Saft und ging dann zurück zum Auto.

Gerber hatte auf sie gewartet. Er traute Rosa zu, eine Befragung durchzuführen. Als sie ins Auto stieg, war sie voll Stolz und berichtete ihrem Chef von dem Gespräch.

Nachdem Rosa geendet hatte, öffnete Gerber die Autotür und sagte zu Rosa. „Warte einen Moment, mir fällt gerade noch was ein. Bin gleich wieder da." Und schon lief er nochmal zu Elisabeths Haus.

Er läutete und als Elisabeth die Türe öffnete, fragte er sie: „Wann ist Ihr Mann wieder zu Hause?"

Elisabeth meinte: „Er wird bald kommen. Ist etwas passiert?", wollte Elisabeth wissen.

„Nein, nein", meinte Gerber knapp, „ich möchte ihn nur noch etwas fragen. Er soll mich bitte im Büro anrufen."

Der Inspektor deutete einen Gruß in Richtung Elisabeth, drehte sich um und begab sich wieder zum Auto.

Elisabeth runzelte die Stirn und stand noch einige Minuten leicht beunruhigt am Gartenzaun. War da etwas Unklares, wovon sie nichts wusste? Sie sah ihm noch eine Weile nach und ging dann langsam zurück ins Haus. In letzter Zeit hatte sie immer öfter das Gefühl, dass irgendwas Unangenehmes in der Luft lag. Sie konnte es nur nicht zuordnen. Elisabeth war schon immer eine gutmütige Person, die ihrem Mann alles glaubte, und sie war mit ihrem Leben absolut zufrieden. Auch wenn Herbert des Öfteren spät von seiner Arbeit nach Hause kam und sie komische Gerüche an ihm wahrnahm. Ein fremdes Parfüm, sein Hemd war falsch zugeknöpft, oder er hatte nur einen Schnürsenkel zugebunden. Das alles machte sie aber überhaupt nicht misstrauisch. Herbert hatte es bei der Hochzeit versprochen. Er würde sie ewig lieben, in guten wie in schlechten Zeiten.

Als sie am Telefonkästchen vorbeiging, fiel ihr ein Brillenetui auf, das sie noch nicht kannte. Ach ja, das musste Herbert liegen gelassen haben. Jetzt wusste sie auch, was ihr an ihrem Mann aufgefallen war: Er hatte eine neue Brille. Warum hatte er ihr davon nichts erzählt?

18:00 Uhr

Als Herbert am Abend nach Hause kam, war er ziemlich abwesend. Er warf seine Schuhe zornig durch das Vorhaus, fetzte die Jacke in die Ecke und schimpfte vor sich hin. Elisabeth hörte in der Küche sein Gemurmel und sah nach ihm. Herbert hatte sie nicht bemerkt. Er ging in sein Arbeitszimmer und faselte in sich hinein „Na, wie soll ich ihr das erklären. Das wird ein hartes Stück Arbeit".

Elisabeth näherte sich leise von hinten und fasste ihn an den Schultern. Wie von der Tarantel gestochen fuhr er in die Höhe und sah sie an.

„Bist Du wahnsinnig! Was musst du mich so erschrecken, spinnst Du!", schrie er sie an. Elisabeth sah ihn verdutzt und mit weit aufgerissenen Augen an und meinte: „Sag mal, was ist das für eine Aufregung; wegen ein bisschen Erschrecken!"

Er drehte sich weg von ihr und schaltete seinen Computer ein. Elisabeth sah ihm mit großen Augen dabei zu. Da war doch etwas nicht normal. Das spürte sie jetzt deutlich. Nachdem er sich nicht mehr für sie interessierte, ging sie zurück in die Küche und hantierte weiter mit Töpfen und Schüsseln. Der Salat wurde von ihr etwas lieblos gewaschen, die Wurst schnitt sie in ziemlich dicke Scheiben.

Beim Abendessen tat sie, als wäre nichts geschehen und erzählte Herbert vom Besuch des Inspektors und dass er sich telefonisch bei ihm melden sollte.

„Der regt mich schön langsam auf. Dauernd steht er da und will was wissen. Ich weiß von nichts, ich war gar nicht da. Wieso gibt der keine Ruhe", keifte er Elisabeth an.

„Sag mal, welche Laus ist denn dir heute über die Leber gelaufen? Das ist doch nicht normal, dass du wegen solcher Kleinigkeiten aus der Haut fährst."

Oje, das hätte Elisabeth besser nicht sagen sollen. Jetzt sprang Herbert auf, warf die Serviette auf den Tisch, starrte sie wortlos und mit bösem Blick an und stampfte hinaus, ab ins Arbeitszimmer und die Türe zugeknallt. Herbert hatte noch immer nicht genug Courage, seiner Frau die bevorstehende Trennung beizubringen. Das arbeitete in ihm und machte ihn nervös und gereizt. Da musste er bei ihr ungut auffallen. Er war in dieser Beziehung absolut feige.

„Ach Gott", beruhigte sich Elisabeth und verdrehte die Augen, „verstehe einer die Männer". Sie räumte den Tisch ab und sagte sich, sie solle ihn ausrauchen lassen, das werde schon wieder. Als bis zum Bettgehen noch immer kein Gespräch mit Herbert stattgefunden hatte, klopfte sie an seine Arbeitszimmertür und fragte besorgt durch die geschlossene Tür: „Herbert, ist bei dir alles in Ordnung?" Nach einigen Sekunden Stille, hörte sie Schritte und er sperrte die Türe wieder auf. Elisabeth sah ihn unsicher an. Herbert ging zu seinem Arbeitstisch und ließ sich in den Sessel fallen. Elisabeth lehnte sich an den Schreibtisch und sah ihm lange ins Gesicht. „Eine schöne Brille hast du", begann sie nach einigen Sekunden das Gespräch. „Du hast mir gar nicht erzählt, dass du eine neue Brille brauchst".

Herbert sah sie zuerst abwesend an und wollte schon losbrausen. Anscheinend hatte er es sich aber doch wieder anders überlegt, sah ihr direkt ins Gesicht und erwiderte dann sehr, sehr ruhig:

„Ich habe meine alte Brille zerbrochen. Die ist mir im Büro auf den Boden gefallen und ich bin versehentlich draufgestiegen."

Herbert war nach dieser knappen Ausführung wieder in geistige Abwesenheit verfallen. Immer musste er seine

Handlungen genau erklären. Das ging ihm sowas von auf den Sack! Elisabeth erhob sich und rief ihm von der Tür zu: „Ich gehe jetzt ins Bett".

Ohne auf eine Antwort zu warten, verließ sie sein Büro und ging nach oben ins Schlafzimmer.

23:55 Uhr

Olaf und Sven mussten bis kurz vor Mitternacht warten, dann kam ihnen Karl mit dem Auto vom Wirt her entgegen. Er fuhr nach Hause. Die beiden folgten ihm in weitem Abstand. Auf halber Strecke blieb Karl am Straßenrand stehen, weil er notwendig pinkeln musste. Als die beiden diese Gelegenheit bemerkten, zogen sie sich die Sturmhauben über und die Handschuhe an und schlichen leise von hinten an Karl heran. Der wollte gerade seine Hose wieder schließen, als er von den beiden Männern gepackt wurde. Karl war ein starker Mann, aber gegen Olaf hatte er keine Chance. Der drückte ihn zu Boden und Sven schlug mit den Fäusten auf ihn ein. Da half kein Zappeln und kein Schreien. Es war auch niemand da, der Karl hätte hören können. Nach dieser Prügelattacke ließen Olaf und Sven von Karl ab, liefen zurück zu ihrem Wagen und brausten mit quietschenden Reifen davon. Karl lag mit dem Gesicht in seiner eigenen Pisse benommen am Boden. Er brauchte einige Minuten, um wieder auf die Beine zu kommen. Sein Gesicht sah nicht besonders gut aus. Blut rann von seiner Schläfe und aus dem Mund. Seine Lippen waren aufgeplatzt und sein rechtes Ohr war eingerissen. Die Tritte gegen die Nieren schmerzten höllisch. Als er sich mühsam hochgerappelt hatte, hielt er sich kurz am Wagen fest, um Luft zu bekommen. Dann setzte er sich ins Auto und fuhr leicht benommen nach Hause. Leise schlich er durch die Hintertür ins Haus und in sein Zimmer. Er hatte die beiden Angreifer nicht erkennen können. Er fluchte vor sich hin, holte sich ein Handtuch und legte es wassergetränkt auf die zerschundenen Stellen. Er war wie sein Vater, er brauchte keine Medizin. Wie er das seiner Mutter erklären sollte, musste er sich noch überlegen. Auch wie er die beiden Übeltäter finden sollte, ließ ihm keine Ruhe. Ächzend und stöhnend legte er sich ins Bett und schlief erschöpft ein.

Kapitel 21
Donnerstag, 26. Juni, 08:00

Inspektor Gerber sichtete an diesem Morgen gerade seine Papiere, als das Telefon läutete. Der Anrufer war Herbert Dobler.

„Hallo, danke, dass Sie sich so schnell gemeldet haben. Können Sie beim Vorbeifahren kurz zu mir kommen, ich hätte da noch einige Fragen. Passt es Ihnen in einer halben Stunde?"

Herbert sagte mit Widerwillen zu. Der Inspektor meinte noch:

„Also bis gleich", und legte auf. Eine halbe Stunde später war Herbert am Revier und ging ohne Anklopfen in das Büro des Inspektors.

„Schön, dass Sie da sind. Bitte nehmen Sie Platz Herr Dobler. Möchten Sie Kaffee oder ein anderes Getränk?", bot Gerber ihm an und nahm eine vor sich liegende Akte in die Hand. Herbert schüttelte dankend den Kopf.

„Nein, nein, so lange habe ich nicht Zeit. Mein Büro wartet mit viel Arbeit."

Der Inspektor wartete, bis Herbert sich gesetzt hatte. Er lehnte sich im Sessel zurück, ließ ein paar Sekunden verstreichen und sah Herbert zugleich direkt in die Augen. Dann sagte er ohne Umschweife zu ihm: „Sie haben ein Pantscherl in der Stadt, oder?"

Herbert sah den Inspektor überrascht und verwirrt an.

„Was meinen Sie damit. Wie kommen Sie denn darauf?", fragte er ihn mit gekräuselten Stirnfalten.

„Ich verstehe nicht, was Sie meinen", setzte Herbert mit verständnisloser Mimik nach. Er begann ein wenig unruhig mit den Fingern zu spielen.

„Sie haben mich sehr gut verstanden", bohrte der Inspektor mit Nachdruck und leiserer Stimme nach.

„Ich habe ein wenig recherchiert. Als Sie mit einem Affentempo an mir vorbeigefahren sind, war das kein Termin in der Stadt, sondern eine wartende Geliebte. Sind wir uns da einig?", probierte Gerber einen kleinen Trick.

Herbert senkte leicht beschämt den Kopf und schluckte einige Male schwer. Dann sah er Gerber direkt ins Gesicht und presste mit zusammengepressten Zähnen hervor:

„Ja, Sie haben recht. Aber meine Frau weiß noch nichts davon, und ich möchte, dass das so bleibt. Es wird sowieso in absehbarere Zeit mit ihr ein Gespräch geben müssen, in dem ich ihr die Trennung klarmachen muss. Na ja, was soll man machen, wenn die Liebe vorbei ist. Sie wird es sicher nicht verstehen. Und sie denkt auch gar nicht daran, warum so etwas passieren kann. Da ist sie halt recht gutgläubig und altmodisch. Sie würde mich nie verlassen."

Der Inspektor konnte sich eine kleine Freude nicht verkneifen und sah Herbert noch einige Momente lang tief in die Augen, konnte aber keine weiteren Unsicherheiten feststellen.

„Wir brauchen von Ihnen noch einen DNA-Abstrich, um sämtliche Spuren abzugleichen. Wenn Sie mir nichts Weiteres zu sagen haben, können's dann gehen", entließ der Inspektor seinen Besucher. Er sah ihn noch einmal mit eindringlichem Blick an. Herbert hatte aber inzwischen seine innere Ruhe wiedergefunden, stand auf und verabschiedete sich mit einem Kopfnicken. Draußen stand schon Jörg mit dem Stäbchen für die DNA-Probe bereit. Herbert verließ anschließend eilig das Polizeigebäude und brauste in Richtung Büro davon.

Gerber lehnte sich zurück, steckte den Bleistift in den Mund und knabberte daran. Seine Gedanken gingen hin und her. Wenn Herbert Dobler eine Geliebte hat, wie soll das gehen? Wer bekommt das Haus? Das ist ja nicht gerade klein, hat sicher einiges Geld gekostet. Ob er so viel Geld verdient, dass er sich eine Geliebte leisten kann? Wo treffen sich die beiden? Ob seiner Frau schon etwas aufgefallen ist? Und wie könnte das alles mit dem Mordfall am Bauern zusammenhängen?

Das war wieder einer der Momente, in denen er froh war, alleine zu leben. Dieses ganze Theater mit der Liebe. Gerber hatte es nie gemocht, da war er lieber ein Einsiedler. So musste man niemandem sein Tun erklären, keine Lügen erfinden oder gar noch schlimmere Sachen beichten. Seine Mutter hatte immer hinter ihm nachgekeift, wann sie denn endlich Großmutter werden würde. Aber er konnte sich immer wieder rausreden. Inzwischen war er glücklicher Ehe-Eremit. Gerber hatte das Elternhaus bis auf ein paar Änderungen so belassen, wie es war. Ihn störte die veraltete und vielleicht auch manchmal beklemmende Einrichtung nicht, er war sowieso nur zum Schlafen da. Mit diesen Gedanken erhob er sich und verließ nachdenklich sein Büro.

14:00 Uhr

Alois stand an diesem sonnigen Freitagnachmittag mit mehreren Koffern vor der Tür des Bauernhofes und war gerade im Begriff ins Haus zu gehen, als die Altbäuerin ihn vom Hof aus hereinkommen sah. Sie fasste eine Heugabel und lief mit energischen Schritten auf ihn zu.

„Du Erbschleicher, du wirst in dem Haus ned glückli werdn, des schwör ih dir, dafür werd ih sorgn", rief ihm Notburga wütend entgegen und erhob drohend die Heugabel. Alois überhörte die bösen Worte der Bäuerin und ließ sie einfach stehen. Er griff nach seinen Koffern, ging ins Haus und stellte sie im Vorhaus ab. Dann machte er sich auf die Suche nach einem freien Zimmer, in dem er sich häuslich einrichten konnte. Vorerst. Die Zeit war reif. Jetzt mussten die Leute vom Hof oder eine Delogierung wurde behördlich angeordnet. Sein Rechtsanwalt hatte ihm erklärt, es wäre eine gute Idee, wenn er sich sozusagen mal richtig unangenehm aufdränge. Der Widerstand würde vielleicht schneller zu Ende sein, wenn er denen ordentlich auf die Nerven ginge. Und im Aufdrängen hatte er ja schon einige Übung. Wie oft musste er die jungen Mädchen beinahe mit vollem Körpereinsatz dazu bringen, ihm seine Drogen abzukaufen. Zum Schluss hatten sie dann alle gekauft, alle!

Als die Bauernfamilie am späten Nachmittag von der Arbeit in die Stube kam, saß der Alois schon am Tisch, vor ihm lag ein Brett mit Speck, Radieschen, Butter und Käse, sowie ein Stück vom Bauernbrot. Er hatte sich einfach in der Küche bedient. Die Familie sah ihn entgeistert an und war mit dieser Situation absolut überfordert. Zögerlich setzten sich alle wortlos an den Tisch und ließen zu Alois einen Meter Abstand. Karl ächzte leise, als er sich auf der

Bank niederließ. Er sah fürchterlich aus. Seiner Mutter hatte er erzählt, dass er gestolpert und über eine steile Wiese gekugelt war. Schlechte Stimmung breitete sich aus. Notburga und Sabine brachten die restliche Jause aus der Küche, und alle begannen zu essen. Schmecken wollte es keinem so recht. Sie fühlten sich beobachtet. Alois hatte ein kleines Schmunzeln im Gesicht. Komisch waren sie schon, wenn man sie einzeln anschaute. Denen täte der eine oder andere Joint ganz gut, damit sie lockerer würden, dachte er bei sich. Zu Karl sagte er grinsend „Na, wie siehst du denn aus! Hast du mit einem Autobus gekämpft?" Laut lachend steckte er sich ein Stück Fleisch in den Mund. Karl würdigte ihn keines Blickes. Als Alois mit dem Essen fertig war, erhob er sich und ging ohne Gruß in sein neues Zimmer. Das lag im Erdgeschoß, ganz am Ende des Flurs. Ein altes Bett, ein Tisch und zwei Stühle waren vorhanden. In der Ecke neben dem Fenster befand sich ein kleines Waschbecken und auf der Lehne des danebenstehenden Sessels lag ein Handtuch. Unter der Fensterbank stand eine Kommode. Vielleicht war es das Auszugs Stüberl von irgendeinem alten Mitglied der Familie gewesen. Als Notburga registrierte, dass er in dieses Zimmer ging, lief sie ihm nach und wollte die Tür aufreißen. Alois hatte aber von innen abgeschlossen. Da schlug sie mit den Fäusten wie wild gegen die Tür und schrie dabei unter Tränen:
"Des is des Zimma von da Oma, da wirst du ned bleibm. Verlass sofort den Raum. Du wirst den Ort mit deine grauslichn Sachn ned entweihn! Verschwindeeeee!"
Franz kam zu ihr geeilt und zog sie von der Tür weg.
„Mama, lass es guat sei. Des hat do koan Sinn", meinte er und schlang die Arme um sie. Sie schluchzte heftig

und sagte dazu unter Tränen: „Jetzt entehrt er ah nu de Kammer von da Oma. Ih kann bald nimma."
Franz stützte seine Mutter und brachte sie in die Stube zurück.

15:00 Uhr

Elisabeth war, wie so oft, in ihrem Garten beschäftigt, als Herbert überraschend in die Einfahrt brauste und das Auto gleich vor der Eingangstüre parkte. Sie sah auf die Uhr und war etwas erstaunt.

„Hallo Herbert, was ist denn passiert? Warum bist du heute so früh daheim?", rief sie ihm vom Hochbeet her zu. Sie ließ die Gartengeräte an Ort und Stelle fallen, zog die Gartenhandschuhe aus und lief zum Haus. Herbert befand sich bereits im Schlafzimmer, ein kleiner Koffer lag auf dem Bett und er packte gerade ein paar Sachen ein.

„Herbert, was machst du denn da", fragte sie ihn erstaunt.

„Ich muss für zwei Tage weg, die Arbeit verlangt es. Ich habe eine schwierige Verhandlung in der Stadt. Da kann ich am Abend nicht nach Hause fahren".

„Ach so", gab Elisabeth nun doch ein wenig verstört zur Antwort und ging nach unten. Das kam schon manchmal vor, aber jetzt gleich für zwei Tage!

„Soll ich dir etwas zum Essen einpacken?", wollte sie noch wissen.

‚Sie mit ihren ewigen Fresspackungen. Der fällt aber wirklich nie auf, dass sich etwas zu verändern beginnt', murmelte Herbert ärgerlich. „Nein, nein, ich gehe zum Abendessen ins Hotel!"

Elisabeth wollte sich verabschieden und ihm einen Kuss geben. Aber dafür hatte er schon keine Zeit mehr. Mit ungewohnter Eile war er mit dem Auto durch die Ausfahrt hinausgebraust. Elisabeth stand wie vor den Kopf gestoßen im Hauseingang. Was sollte sie von all dem halten?

Mit beginnender innerer Unruhe lief sie im Wohnzimmer hin und her, bis das Läuten des Telefons sie aus ihren

Gedanken riss. Cornelia quasselte drauflos, Elisabeth verstand nur die Hälfte, weil sie mit ihrem Kopf gar nicht richtig bei der Sache war. Die Frauenrunde wollte sich noch heute am Nachmittag treffen. Also sagte Elisabeth zu und war wenig später auf dem Weg ins Dorf. Die anderen Damen warteten schon beim Wirt im Gastgarten. Die Unterhaltung kam ihr etwas eigenartig vor.

„Elisabeth, wo ist denn dein Mann heute", deutete Erna nebulos an.

„Seid ihr beiden eigentlich noch glücklich?", flachste Margarethe hinterher.

Nun war Elisabeth noch mehr verwirrt. Warum machten sich plötzlich alle so große Sorgen um ihr Eheleben. Sie sollten besser bei sich zu Hause nachsehen. Der Bürgermeister war schon seit langer Zeit mit seiner Amtssekretärin liiert und Erna könnte auch mal ihren Ludwig fragen, wo er denn am Freitagabend immer ist, ganz sicher nicht beim Wirt zum Kartenspielen. Elisabeth hatte dann schließlich keine Lust mehr, mit den Damen zu diskutieren. Sie täuschte Kopfschmerzen vor und fuhr überstürzt und zerstreut zurück nach Hause.

Kapitel 22
Freitag, 27. Juni

Am Bauernhof herrschte in den letzten Tagen gespenstische Ruhe. Alois trieb sich wie ein Geist zwischen den Zimmern und Mauern herum. Man sah ihn einmal auf der Wiese spazieren, dann schritt er durch die alte Scheune und sah sich alles genau an. Oder er machte Fotos von unterschiedlichen Ecken des Bauernhofes und nahm mit einem Maßband die Längen verschiedener Mauern auf. Notburga und ihre Kinder machten die Hofarbeit, ohne auch nur irgendwelche Anstalten zu treffen vom Hof zu gehen. Sie sprachen kein Wort mit dem Eindringling. Den störte das anscheinend nicht weiter, er war sowieso mehr als den halben Tag irgendwo unterwegs. Niemand wusste, wie er sein Geld verdiente. Karl wich ihm aus, wo es nur ging. Er wollte keine weiteren dummen Sager hören. Noch dazu von einem solchen Arschloch.

Als die Post gebracht wurde, befand sich diesmal ein Schreiben des Gerichts dabei. Die Bäuerin öffnete den Brief und begann zu lesen. Es war die Nachricht des Gerichts mit der Räumungsklage. Sie hätten vierzehn Tage Zeit, den Hof zu verlassen, ansonsten würden sie delogiert werden. Sie ließ das Blatt Papier zu Boden fallen und hatte zugleich einen leichten Schwächeanfall. Franz kam gerade noch rechtzeitig herbei, um sie vor einem Sturz aufzufangen.

„Mama, was is denn?", fragte sie der Junge erschrocken. Sie zeigte auf das Schreiben am Boden. Er hob es auf, las es und setzte sich dann ebenfalls mit hängendem Kopf auf die Bank neben seine Mutter.

„Jetzt is woi aus", meinte er mit sorgenvollem Blick. Seine

Mutter erhob sich und schlurfte völlig fertig mit wackeligen Knien ins Haus. Als Karl das Schreiben las, braute sich in seinem Kopf einiges zusammen, auch Mordgedanken.

09:00 Uhr

Der Inspektor war heute in einer ganz miesen Laune. Er hatte unruhig geschlafen und schlecht geträumt: Er war auf einem Bauernhof. Aus allen Fenstern hingen tote Tiere heraus, die ihn laut anschrien. Als der Wecker läutete, erwachte er aus diesem aberwitzigen Albtraum und setzte sich völlig verschwitzt im Bett auf. Als er die Füße auf den Boden setzte, entfuhr ihm ein Schrei. Er hatte gestern seine Klamotten einfach zu Boden fallen lassen und war genau auf die Spitze des Gürteldorns gestiegen. Eben ein Männerhaushalt!

Der Fall mit dem ermordeten Bauern ging ihm schön langsam auf die Nerven. Die Zeitungen hatten ja recht. Sie kamen nicht weiter. Es gab keine eindeutigen Beweise. Die mitgenommene Stange wurde derzeit noch eingehend untersucht. Es war das Blut des Bauern darauf, aber sonst gab es keinen einzigen Hinweis auf eine andere Person. Zumindest war das Mordwerkzeug gefunden. Aber wer hatte es verwendet? Gerber hätte den Fall am liebsten an seine Kollegen in der Stadt abgegeben. Doch dann sagte er sich: ,Kommissar Zufall hat schon oft zugeschlagen'. Er musste nur Geduld haben, es fehlte auch nicht mehr viel. Gerber spürte, dass noch etwas Entscheidendes geschehen musste, nur konnte er noch nicht erkennen, was geschehen würde.

Nachdem er sich angezogen hatte und wieder einmal kein Frühstück vorfand, fuhr er los. Im Büro humpelte er unruhig vor seinem Schreibtisch auf und ab. Sein Fuß tat ihm weh. Rosa brachte ihm eine Tasse Kaffee und beobachtete ihren Chef mit besorgter Miene. Wie so oft in letzter Zeit nahm Gerber schließlich seine Dienstjacke und Dienstkappe und beschloss ins Gasthaus zu gehen.

Dort hatte er einen anderen, einen entfernteren Blick auf die Dinge und kam so mancher Lösung ein Stück näher. Beim Wirt setze er sich in seine Nische, bestellte einen großen Kaffee und eine Buttersemmel. Wie es der Zufall wollte, ging wenig später die Tür auf und Alois trat mit seinem Rechtsanwalt in die Stube. Sie setzten sich, ohne ihn zu sehen, in Hörweite des Inspektors an einen Tisch und machten ihre Bestellung. Dann begann Dr. Teichmann das Gespräch:

„Alois, der Tod des Bauern hat dir alle Trümpfe in die Hand gespielt. Du brauchst jetzt nur noch das letzte Stückchen bei den Leuten vorlegen, dann ist alles klar."

Alois nickte und meinte darauf: „Na ja, die Räumungsklage ist ja inzwischen angekommen. Wenn ich jetzt noch das Schreiben dazulege, dann wird es sicher keinen Widerstand mehr geben."

Gerber machte sich einige Notizen auf der Serviette. Welches Schreiben? Das musste ja höchst interessant sein. Das wollte er auch sehen. Dann kamen einige junge Burschen in die Gaststube, somit war an ein weiteres Belauschen der beiden nicht mehr zu denken. Die Truppe hatte ziemlichen Spaß, anscheinend stand einer der Jungen kurz vor der Hochzeit.

Alois und sein Anwalt verließen nach einiger Zeit das Lokal. Gerber wollte schon zahlen, als die Tür nochmals aufging und die Frau Bürgermeister mit einer zweiten Dame, es war die Friseurin, hereinkam. Die beiden setzten sich genau hinter die Nischenwand, wo der Inspektor saß. Die Frau Bürgermeister begann auch gleich zu tratschen.

„Hast du schon gehört, dass Elisabeths Mann ein Verhältnis in der Stadt haben soll. Alle Welt weiß schon davon, nur seine Frau nicht. Wie man munkelt, sei auch schon von

Trennung die Rede, aber sie, die dumme Kuh, hat bis jetzt nichts bemerkt. Und es hat jemand den Herbert gesehen, wie er im November letzten Jahres aus dem Juwelierladen in der Stadt gekommen war. Aber der hat da sicher seiner Frau nichts geschenkt. Das hätten wir doch alle sofort erfahren", führte Cornelia eifrig weiter aus.

„Der Herbert hat auch eine neue Brille, ist dir das aufgefallen? Seine neue Flamme ist sehr modisch orientiert, da ist so eine altbackene Krankenkassen-Brille für ihn wohl zu konservativ. Wenn die Elisabeth nur ein wenig offener wäre, dann hätte er sich sicher keine andere gesucht. Aber sie ist halt schon ein unscheinbares Mauerblümchen. Welcher Mann will denn so etwas."

Dann sprachen sie über weniger interessante Dinge und steckten ihre Köpfe eifrig nickend und kichernd zusammen.

Gerber notierte wie wild auf seiner Serviette, die ihm bald zu klein wurde. Als die beiden Damen ihren Kaffee getrunken und die Gaststube verlassen hatten, ging auch der Inspektor und hatte schon eine viel bessere Laune.

„Na, hab' ich es doch gewusst, dass es wieder ein paar Details zu erfahren gibt", bemerkte er vergnügt zu sich selber und machte sich, nachdem er bezahlt hatte, auf den Weg ins Revier. Dort ließ er sich von Rosa die Beweisstücke aus der Asservatenkammer bringen. Da war doch ein Stück Glas gewesen, erinnerte er sich. Gleich morgen wollte er damit zum Optiker fahren. Vielleicht war die alte Brille von Herbert noch da. Es könnte schon sein, dass es mit diesem Glasstück irgendeinen Zusammenhang zwischen dem Mord am Bauern und dem Gspusi von Herbert gab, wenn er diesen auch noch nicht erkennen konnte.

Am selben Tag noch fuhr der Inspektor in die Stadt zum Optiker; er hatte tatsächlich Glück. Die alten, zurückgebrachten Brillen wurden regelmäßig gesammelt und nur einmal im Monat von einem Wagen zur Entsorgung abgeholt. Am kommenden Montag wäre es wieder so weit gewesen. Die Brille von Herbert lag in einer Tüte zwischen all den anderen alten Gestellen. Diese zeigte ein ganzes Glas, vom zweiten Glas fehlte tatsächlich ein Stück. Mit einem breiten Grinsen verließ Gerber mit Herberts alter Brille in der Tasche das Optikergeschäft. Im Büro angekommen steckte er das gefundene Stück Glas in das Brillengestell. Perfekt! Es passte!

Kurz vor Mittag erreichte ihn ein Telefongespräch des zuständigen Staatsanwaltes. Er berichtete Gerber von diversen Nachforschungen über Dr. Teichmann und dessen Umfeld. Da bekam Gerber einige interessante Details zu hören. Anscheinend war die Betrugsabteilung schon eine Weile hinter Teichmann her. Ein vor kurzem inhaftierter bekannter Urkundenfälscher hatte nach hartem Widerstand die Beteiligung des Rechtsanwaltes an vielen Fälschungen zugegeben. Am Ende des Telefonates bat Gerber den Staatsanwalt um seine Anwesenheit heute Nachmittag am Bauernhof. Da könnte er mit dem Rechtsanwalt und Alois vielleicht gleich Tabula rasa machen.

14:00 Uhr

Alois hatte mit seinem Anwalt vereinbart, dass sie an diesem Nachmittag mit der Familie sprechen wollten. Als Dr. Teichmann dort angekommen war, empfing ihn Alois im Hof und rief im Befehlston laut über den Platz „Kommt alle mal in die Stube! Ich habe euch etwas mitzuteilen!" Inzwischen gingen die beiden Männer ins Haus. Die Stube war leer. Alois deutete auf einen der Sessel und bot dem Rechtsanwalt ein Glas Most an. Er führte sich auf, als sei er hier schon der alleinige Besitzer. Franz kam soeben aus dem Keller und schlurfte, ohne zu grüßen, am Rechtsanwalt vorbei. Er setzte sich an die äußerste Ecke des Tisches und sah starr auf den Boden. Als Alois mit dem Glas Most in der Hand zur Stube ging, kam auch Sabine mit ihrem Freund Max herein. Sie ignorierten Alois und setzen sich zu Franz. Alois begab sich zum Anwalt und sah die anderen belustigt an.

„Wo sind eure Mutter und der Karl", schnaubte er die Anwesenden an.

„Wir wollen rasch zu einem Ende kommen".

„Wirst es scho nu dawartn kinna!", meinte Franz darauf schnappig und warf dem Alois einen hasserfüllten Blick zu. Dann hörten sie schlurfende Schritte. Notburga kam, gestützt auf den Arm ihres älteren Sohnes, in die Stube. Beide würdigten Alois und seinen Anwalt keines Blickes.

„Na endlich, wir wollen anfangen", sagte Alois ungehalten und mit einem auffordernden Blick zum Anwalt. Dieser öffnete die Aktentasche und legte ein Stück Papier auf den Tisch.

„Wir haben uns bei Gericht erkundig, demnach ist die Räumungsklage inzwischen bei Ihnen eingelangt", begann Dr. Teichmann seine Ausführungen.

„Sie haben also noch zehn Tage Zeit, um das Haus zu verlassen. Das dürfte von Ihrem jüngeren Sohn ja auch dezidiert befürwortet worden sein. Wir haben ein Schreiben von ihm erhalten, wonach er sich ausdrücklich für diese Schritte ausspricht. Hier sehen Sie, da steht alles drinnen, unterzeichnet, bestätigt und notariell beglaubigt. Da somit anscheinend schon Übereinstimmung herrscht, wird es sicher zu keinen weiteren Schwierigkeiten von Ihrer Seite kommen, nicht wahr?" Gleichzeitig sah der Rechtsanwalt Franz auffordernd an.

Notburga und die Kinder waren sprachlos. Franz sprang auf und griff nach dem Brief. Da stand tatsächlich, dass er mit der Delogierung einverstanden sei, dass er sie sogar begrüße, weil er als jüngerer Sohn sowieso nie eine Chance gehabt hätte, den Hof zu übernehmen. Unterschrieben mit seinem Namen und notariell beglaubigt.

„Äh, des is do a Witz, des hab ih nia und nimma unterschriebm. Glaubt's mir des, des is ned vo mia, ganz bestimmt ned!", schrie er mit zittriger Stimme durch den Raum. Wütend zerknüllte er das Papier und warf es auf den Tisch. Der Anwalt sprang auf, nahm das Papier und schrie den Jungen an: „Was erlauben Sie sich eigentlich. Das ist ein amtlich gezeichnetes Papier. Das können Sie nicht einfach zerstören. Dafür gibt es Gefängnis. Ich kann Sie, ohne mit der Wimper zu zucken dahin bringen, verstanden? Haben Sie mich verstanden!", wiederholte er schrill und mit Nachdruck, wobei ein gewisser zufriedener Ausdruck auf seinem von Aufregung rotgefärbten Gesicht zu erkennen war. Franz sah ihn mit zusammengekniffenen Lippen an.

„Ja, des hab ih vastandn. Trotzdem, ih bleib dabei, ih hab des Papier ned gschriebm", gleichzeitig klopfte er mit dem Zeigefinger energisch auf den Tisch. Karl sah seinen Bruder mit bösem Blick an. Sobald das hier vorbei war, würde er Franz, egal wie, vom Hof jagen. Der hatte sich durch dieses Verhalten soeben selbst den Weg versperrt. Die Familie saß in der Stube und man spürte den Hass im Zimmer qualmen. Es hätte nur eines einzigen Funkens bedurft und das alles würde explodieren. Sie hatten nicht bemerkt, dass der Inspektor klammheimlich auf den Hof gekommen war. In seiner Begleitung hatte er den Staatsanwalt und einen seiner Kollegen vom Revier.

Er trat genau in diesem Moment durch die Tür, grüßte kurz in die Runde und ging dann auf Alois und den Anwalt zu. Gerber setzte sich gegenüber auf einen Stuhl, legte seine Kappe auf den Tisch und fixierte den „Rechtsverdreher", der völlig überrascht auf die Angekommenen blickte.

„So, Herr Doktor, jetzt werden wir uns das Schreiben mal genauer ansehen".

Gerber griff nach dem zerknüllten Papier und reichte es dem Staatsanwalt weiter. Der betrachtete es eingehend und legte dann seine Brille zur Seite.

„Nun, verehrter Kollege, das war jetzt vielleicht ein Eitzerl zu dick aufgetragen. Wir haben Sie schon länger im Visier und kennen alle Ihre Schritte und Aktivitäten. Unter anderem auch, dass Sie einen stadtbekannten Urkundenfälscher aufgesucht haben. Ein Kollege vom Betrugsdezernat aus der Stadt ist schon seit längerem hinter Ihren Machenschaften her und beobachtet Sie seit geraumer Zeit. Wir werden uns auch das Testament noch einmal genau ansehen und Ihr Freund, der Notar, wird soeben von Kollegen ins Landespolizeirevier zum Verhör gebracht. Ist ja anscheinend nicht das erste Mal, dass Sie Papiere fälschen. Das ist halt jetzt leider schiefgegangen.

Und dass Sie auch noch einen Amtsstempel und ein Notariatssiegel missbräuchlich verwenden, das beendet wohl Ihre Karriere", endete der Staatsanwalt mit einem leichten Hauch von Genugtuung. Der Kerl war ihm schon lange unsympathisch, doch bisher hatten die Beamten keine Beweise gegen ihn in der Hand. Bis jetzt! Durch Zufall war ein verdeckter Ermittler hinter dem Rechtsanwalt hergefahren. Der hatte sein Auto am Straßenrand, genau vor einem der alten, schäbigen Wohnhäuser der Randbezirke geparkt, wo Jens Kleber, ein polizeibekannter Fälscher, seine Werkstätte betrieb. Der Kollege konnte schöne, gestochen scharfe Fotos von den beiden schießen. Auch die Übergabe von Papieren war zu erkennen. Nachdem der Rechtsanwalt den Fälscher verlassen hatte, war der Kollege, mit weiteren bereits vor Ort befindlichen Beamten, in die Fälscherwerkstatt gestürmt, wo noch ganz frisch die Unterlagen des Rechtsanwaltes herumlagen. Ein gefundenes Fressen für die Ermittler. Auch wenn Teichmann alles abstritt und auf unschuldig plädierte.

Der Staatsanwalt winkte dem mitgekommenen Beamten, der an der Tür gewartet hatte. Dieser kam zum Tisch, nahm den verdutzten Anwalt am Arm und brachte ihn aus dem Raum.

„Was, was erlauben Sie sich. Das wird Konsequenzen haben, das verspreche ich Ihnen. Ich gehe zur Anwaltskammer und werde rechtliche Schritte ....", zeterte der Anwalt, dann fiel die Tür zu und man konnte sein Geschrei nicht mehr verstehen.

„Und jetzt zu Ihnen", sagte Gerber zu Alois.

„Wie wir ermitteln konnten, haben Sie einige Fehler gemacht, die uns nun die Gelegenheit geben, auch Ihnen das Handwerk zu legen. Die neue Anbaueinrichtung für

Hanf und das Destilliergerät für die geplante Drogenab-
füllung haben wir beim Zoll beschlagnahmt. Leider haben
Sie eines der Formulare nicht korrekt ausgefüllt und das
ist einem Zollbeamten aufgefallen. Weiters können wir
Ihnen nachweisen, dass Sie sich mit einem stadtbekannten
Bordellbesitzer geeinigt haben, hier auf dem Hof ein kleines Etablissement einzurichten. Still und abgelegen. Da
stört niemand, wenn die illegalen minderjährigen Girlies
aus dem Osten angeschleppt werden, was? Was hätten Sie
eigentlich gemacht, wenn der Bauer nicht gestorben wäre.
Hätten Sie eine weitere Möglichkeit im Hinterkopf gehabt,
wo Sie Ihr Gewerbe ausführen wollten? Es scheint, jetzt
wird es doch nichts mit der geplanten Hofübernahme,
zumindest nicht für die nächsten Jahre. Sämtliche Papiere
sind gefälscht!"

Er wendete sich nach diesen Worten zur Bäuerin und sagte
zu ihr: „Sie müssen den Hof nicht verlassen. Dieser nette
Mensch wird für ein paar Jahre hinter Gitter wandern."

Die Familie saß wie erstarrt, die Augen weit aufgerissen,
niemand rührte sich. Als der Inspektor zur Tür ging und
die Hand zum Gruß hob, rief ihm Notburga ganz leise ein
„Dankschön" hinterher.

Noch immer waren alle in der Stube still. Die letzten
Minuten hingen schwer im Raum. Die Familie Moosberger musste das, was sie gehört und gesehen hatte, erst
einmal verarbeiten.

Gerber wechselte vor der Tür noch ein paar Worte mit
dem Staatsanwalt. Dann gingen beide durch das Hoftor
hinaus. Der Polizeiwagen mit Alois und dem Rechtsanwalt war schon auf dem Weg zum Landeskriminalamt in
die Stadt unterwegs.

Gott sei Dank hatte Rosa mit dem LKA weitere Recherchen im Internet gemacht und war zum einen auf die Verdachtsmomente gegen den Anwalt, aber auch durch Zufall auf einen Eintrag der Zollbehörde gestoßen: Eine komplette Anlage für den Hanfanbau und ein Destilliergerät sowie sämtliche dazugehörigen Utensilien standen, mit der Adresse des Bauernhofes versehen, beschlagnahmt im Lager. Eigentlich wollte man um Unterstützung bitten und in der Drogenszene nachforschen. Das hatte sich somit erübrigt. Alois hatte tatsächlich beim Zoll schon die Adresse des Sprenglerhofes hinterlegt. Dann hatte sein Kollege Norbert einen Mitarbeiter eines bekannten Laufhauses wegen eines Drogendeliktes hochgenommen. Bei dessen Vernehmung kam durch Zufall der Name von Alois ins Gespräch und dass es in wenigen Wochen eine Lieferung junger Mädchen aus Rumänien geben werde. Das ergab wieder ein Steinchen im Puzzle. Der Staatsanwalt hatte Gerber über die seit längerem stattfindende Überwachung des Rechtsanwaltes informiert, und so reihte sich ein Steinchen an das andere.

Nun gingen beide in Richtung Nachbarhaus. Dort wollten sie mit Herbert sprechen, weil dem Inspektor ein Gedanke im Kopf schwirrte, den er nicht wegbekam.

16:00 Uhr

Elisabeth kochte in der Küche Früchte zu Marmelade ein. Sie summte entspannt vor sich hin, als die Haustürglocke ertönte. Schnell schaltete sie den Ofen zurück und ging ins Vorhaus, um die Türe zu öffnen. Draußen stand der Inspektor mit einem weiteren Mann.

„Grüß Gott, Frau Dobler, ist Ihr Mann zu Hause?", fragte Gerber und sah an ihr vorbei in die Diele.

„Nein, er ist nicht zu Hause, aber er wird gleich kommen", antwortete sie sichtlich nervös.

„Wollen Sie bitte inzwischen hereinkommen. Ich mache Ihnen einen Kaffee".

„Danke gerne", sagte der Inspektor, während er sich an Elisabeth vorbeischob. Der Staatsanwalt folgte ihm.

„Worum geht es denn", wollte sie die Unterhaltung ankurbeln. „Haben's den Mörder vom Nachbar schon gefasst? Wird nicht einfach sein, ihn zu finden, oder?", fragte sie die beiden Herren nichtsahnend.

Gerber nickte wortlos, griff nach der Tasse und trank einen Schluck Kaffee. In diesem Moment fuhr das Auto von Herbert auf den Garagenvorplatz. Die Autotür wurde zugeschlagen.

Er kam ins Haus, warf den Schlüssel auf die Kommode und zog seinen Mantel aus. Gerade wollte er mit der Aktentasche in sein Arbeitszimmer gehen, da bemerkte er die Besucher im Wohnzimmer. Er blieb kurz stehen, grüßte leise und verdutzt und rief: „Was ist denn hier los?" Leicht gereizt wandte er sich an die beiden Herren. Der Inspektor erhob sich und ging ihm entgegen.

„Das ist der hiesige Staatsanwalt. Wir haben noch ein paar grundlegende Fragen und möchten Sie bitten, mit uns auf das Revier zu kommen."

Herbert wurde bleich und fummelte nervös an einem Knopf seiner Strickjacke.

„Ja, natürlich, wenn Sie das sagen und es der Wahrheitsfindung dient", entgegnete Herbert leicht stotternd. Mit fahrigen Bewegungen ging er voraus, um seinen Mantel wieder anzuziehen. Im Hinausgehen blickte er Elisabeth an. „Mache dir keine Sorgen, das wird sich sehr rasch aufklären. Ich bin gleich wieder da", beruhigte er sie, aber seine Augen sagten etwas anderes.

Alle drei stiegen in das Polizeiauto, das inzwischen vorgefahren war.

Elisabeth saß im Wohnzimmersessel und wusste nicht so recht, wie ihr geschah. Hatte sie etwas übersehen oder überhört? Warum musste ihr Mann jetzt plötzlich auf das Polizeirevier und warum hatte er sie derart nervös angesehen? Sie ging ziemlich verwirrt zum Schrank und holte sich aus der Bar ein Glas Cognac. Das kippte sie in einem Zug runter. So etwas machte Elisabeth eigentlich nie. Hitze stieg in ihr hoch, die Kehle brannte von dem scharfen Getränk. Sollte sie sich Sorgen machen? Als sie wieder in die Küche kam, sah sie den Topf mit der Marmelade, den sie völlig vergessen hatte. Jetzt war alles angebrannt.

16:30 Uhr

Man brachte Herbert in den Gemeinschaftsraum des Polizeipostens. Rosa hatte veranlasst, dass ein kleiner Schreibtisch mit drei Sesseln und einem Aufnahmegerät dort platziert wurde, sozusagen ein Mini-Verhörzimmer. Der Staatsanwalt nahm einen Stuhl und setzte sich zum Fenster. Der Inspektor setzte sich vor Herbert und begann mit seinen Fragen.

„Herr Dobler", begann Gerber das Gespräch, „schildern sie uns bitte noch einmal, wo Sie zum Zeitpunkt waren, als Ihr Nachbar getötet wurde!" Herbert drehte nervös an den Knöpfen seiner Weste.

„Aber das habe ich doch schon zu Protokoll gegeben: Ich war nicht zu Hause", sagte Herbert.

„Dazu habe ich noch immer keine klare Antwort erhalten. Wo waren Sie!", bohrte Gerber nach. Er konnte sich ja denken, wo Herbert die halbe Nacht verbracht hatte, aber er wollte es aus seinem Mund hören.

„Also?", fragte ihn Gerber noch einmal mit Nachdruck und klopfte mit seinen Fingern nervös auf den Tisch.

„Oder soll ich Sie fragen, was Sie regelmäßig in der Stadt machen. Man hört, Sie haben eine Geliebte. Wer ist das? Kann Sie Ihr Alibi bezeugen?", waren die nächsten Fragen.

Herbert wurde immer unruhiger. Er blickte unsicher zum Staatsanwalt, der sich im Hintergrund völlig ruhig verhielt.

„Na, wenn Sie eh schon alles wissen, warum fragen Sie mich dann noch", kam von Herbert eine patzige Antwort. Nun legte der Inspektor Herberts alte Brille vor ihn auf den Tisch und auch das Stück Glas, das man hinter dem Hof im Gras gefunden hatte. Herbert sah seine alte Brille und fingerte weiter an seinem Knopf an der Strickweste herum. Lange würde der Knopf nicht mehr herhalten.

„Ach herrje, meine alte Brille, wo haben Sie denn die her?"

Herbert wollte mit einem viel zu lauten Lachen seine immer stärkere Nervosität überspielen.

„Die Brille ist vom Optiker, das Stück Glas lag in der Wiese hinter dem Hof. Erklären Sie mir bitte, wie das dort hingekommen ist", stellte der Inspektor die nächste Frage. Herbert nickte wie zustimmend mit dem Kopf.

„Ja, richtig, die habe ich zerbrochen, als ich dem Nachbarn bei einer Arbeit geholfen habe."

„Ach so", war alles, was Gerber dazu zu sagen hatte. Er erhob sich, blickte dem Staatsanwalt aufmunternd zu und verließ den Raum.

Jetzt begann der Staatsanwalt seine Fragen an Herbert zu richten. Aber Herbert gab keine weiteren, relevanten Auskünfte. Nach einer Weile kam auch der Staatsanwalt aus dem Verhörzimmer und stellte sich zum Inspektor.

„Tja, mein Lieber, das ist zu wenig. Wir müssen ihn gehen lassen. Bringen Sie mir einen Beweis, sonst habe ich keine Handhabe. Wir sehen uns."

Er tippte mit einem Finger grüßend an seine Stirn und ging. Gerber war sichtlich gereizt. Er hatte sich das so schön vorgestellt: Herbert gesteht und der Fall ist geklärt. Missmutig öffnete er die Tür zum Verhörzimmer, zeigte Herbert mit einer Bewegung seines Kopfes, dass er gehen könne. Der verließ eilig das Gebäude, rief seine Frau an und ersuchte sie, ihn abzuholen. Gerber sah ihm durch das Fenster nach und ging dann in sein Büro.

Er ließ sich schwer in den Sessel hinter seinem Schreibtisch sinken, hielt die Arme hinter dem Kopf verschränkt und stieß einen tiefen Seufzer aus. Kopfarbeit war angesagt. Er ließ all sein Wissen vor seinen Augen der Reihe nach ablaufen.

Dann richtete er sich abrupt auf und rief ins Nebenbüro: „Rosa, ich brauche einen starken Kaffee. Und dann komme mit Jörg. Wir müssen den Fall nochmals akribisch durchgehen". Möglicherweise hatten sie etwas übersehen.

„Wir haben den Alois, die Familie und jetzt möglicherweise den Nachbarn als Tatverdächtige", begann Gerber seine Ausführungen.

Er nahm dafür die schon vollgepinnte Wand neben dem Fenster mit der Tatrekonstruktion ins Visier. Ganz oben klebte ein Foto des Ermordeten, darunter gab es die Fotos der einzelnen Verdächtigen.

„Aber ich glaube, nach allem, was wir gefunden und bisher recherchiert haben, ist die Familie aus dem Schneider", erörterte Jörg. Er war einer der Kollegen, der sich auch schon tief in diesen Fall eingearbeitet hatte.

„Rosa, was sagst du", fragte Gerber nun seine Assistentin. Rosa wurde leicht rot und antwortete ihm: „Nun, ich denke auch, dass die Familie nichts gemacht hat. Die sind alle viel zu sehr mit sich selbst beschäftigt. Und wenn sie dem Toten was antun hätten wollen, warum gerade jetzt. Das hätten sie schon vor vielen Jahren tun können". Gerber sah sie an und nickte dann. Da hatte sie gar nicht unrecht.

„Mir ist noch unklar, wie der Herbert Dobler in das Ganze hineinpasst. Vielleicht hat es auch etwas mit seiner heimlichen Liebschaft zu tun. Ich habe gehört, dass der Bauer und Herbert Dobler nicht die besten Freunde sind", ergänzte Gerber die Fakten. Sie besprachen die weiteren bekannten Details und kamen trotzdem auf keinen grünen Zweig.

Dann erhob sich Gerber und fuhr in die Stadt. Er wollte Herberts Freundin aufsuchen. Den Namen und die Adresse hatte Herbert ihm inzwischen genannt. Gerber kündigte seinen Besuch telefonisch bei Suzanna an. Sie bat den Inspektor in die Wohnung und setzte sich mit ihm ins Wohnzimmer. Suzanna bestätigte, dass sie mit Herbert an dem fraglichen Abend in einem Restaurant war.

„Ist Ihnen an besagtem Abend etwas Ungewöhnliches an ihrem Freund aufgefallen oder ist etwas Besonderes geschehen?", fragte Gerber die junge Frau.

Sie dachte nach.

„Ich habe bemerkt, dass ein Mann am Tresen stand und unentwegt auf uns beide blickte. Dann sind wir aufgestanden und Herbert hat sich von mir verabschiedet. Ich stieg in mein Auto und fuhr vom Parkplatz weg. Im Rückspiegel habe ich noch gesehen, dass dieser Mann sich zum Auto von Herbert stellte und dort wild herumfuchtelte. Ich dachte mir, dass es einer seiner Bekannten ist und war weiter nicht beunruhigt."

Gerber zeigte ihr ein Foto des Bauern und sie nickte. „Ja, genau der war es. Ich hatte das Gefühl, dass er irgendwie nach Stall gerochen hat, vielleicht war er noch in der Arbeitskluft."

Der Inspektor bedankte sich bei Suzanna. Er konnte Herbert verstehen. Sie war schon eine echte Sahneschnitte im Vergleich zu Herberts Frau. Und der leicht slawische Akzent machte diese Frau noch attraktiver.

Deutlich zufriedener verließ er die Stadt und fuhr zurück ins Dorf. Das Glas von Herberts Brille brachte er nochmals ins Labor. „Schaut euch das noch genauer an, vielleicht findet ihr auch nur ein kleines Futzerl einer Spur, die eventuell auf etwas hindeutet. Und nehmt euch die Holzstange auch noch einmal vor. Es muss irgendwo der Rest eines Fingerabdruckes oder DNA-Nachweises zu finden sein."

Gerber war sich ziemlich sicher, dass Herbert und der Moosberger Karl einen Streit miteinander hatten. Nur der Grund dafür war noch nicht klar.

Kapitel 23
Donnerstag, 04.Juni – Tag des Verbrechens

Es war an jenem Donnerstag, als Herbert das Haus verlassen hatte und über Nacht zu seinem vermeintlichen
Arbeitstermin fahren musste. Natürlich war das nur
vorgeschoben. Eigentlich wollte er einige Stunden bei
Suzanna sein. Die beiden hatten sich das schön ausge-
dacht. Viele Liebeseinsätze zu Hause, und anschließend
fein essen gehen. Dabei wollten sie ein Lokal aufsuchen,
das nicht mitten im Zentrum lag, damit man sie nicht so
leicht entdecken könne. Zum Abendessen fanden sie ein
kleines Restaurant mit einem gemütlichen Gastgarten
und einer Bar. Das lag sogar günstig in Richtung Herberts
Dorf. Als sie mit dem Essen fertig waren, stellten sie sich
an den Tresen, um noch einen Absacker zu trinken. Genau
in diesem Moment sah Herbert seinen Nachbarn Karl an
einem der Tische sitzen. Schnell drehte er sich um und tat
so, als hätte er ihn nicht gesehen. Aber es war schon zu
spät. Natürlich hatte ihn der Bauer schon längst bemerkt
und sein dämlichstes Grinsen aufgesetzt. Genau der hatte
Herbert gefehlt. Was sollte er Karl sagen, sein Kopf war
inzwischen vom Wein leicht benebelt und klares Denken
etwas anstrengend. Er begleitete Suzanna zu ihrem Auto,
verabschiedete sich und sagte ihr, er wolle noch zahlen,
sie solle inzwischen nach Hause fahren. Sie küssten sich
noch einmal leidenschaftlich, dann fuhr sie davon. Es war
23:00 Uhr. Herbert spazierte langsam zurück zur Bar und
verlangte vom Kellner die Rechnung. Außer Karl waren
keine weiteren Gäste mehr im Lokal. Als Herbert zurück
zu seinem Auto ging, sah er im Augenwinkel schon den
Bauern heranstapfen. Der Geruch von Stall und Alkohol

war ihm bereits vorausgeeilt. Dieser vertrottelte Typ sollte ihn in Ruhe lassen! Mit finsterer Miene sperrte Herbert den Wagen auf und setzte sich hinter das Lenkrad. Karl lehnte sich lässig an das Auto und grinste ihm ins Gesicht. Durch das offenen Seitenfenster lallte ihm Karl entgegen: „Na, Herr Nachbar, habm ma nu a Meeting ghabt, so nennts ihr des ja, Hick! Kenn ih de, is des oane vo da Oabat oder von da Stadt, Hick, He?"

Dabei hauchte er ihm mit blödem Grinsen seinen stinkenden Alkoholatem mitten ins Gesicht. Herbert wollte gerade etwas antworten, als der Bauer meinte:

„Koa Angst ih sag nix. Wird halt sicha was drinn sei, oda, hick?", dabei rieb er Finger und Daumen gegeneinander. ,Aha, so ist das gemeint', registrierte Herbert zornig. Der Bauer wollte ihn erpressen. Er schaute Karl aufgebracht an, ließ ihn einfach stehen, startete das Auto und fuhr langsam an. Aber wer Karl kannte, der wusste, dass er keine Ruhe gab und, obwohl er schon ziemlich betrunken war, lief er ihm über den Parkplatz nach.

„Glaub ned, dass du mir auskummst, ih dawisch dih scho, drauf kannst Gift nehma, du großkopfata, obagscheita Hammel", schrie er ihm mit viel Spucke und einer sich überschlagenden Stimme nach, dabei stolperte er leicht und hielt sich am Kotflügel von Herberts Auto fest.

„Wennst bled wirst, dann san mia glei amoi bei deina Frau. De wird Augn macha, wanns vo dem Luada erfahrt, hick". Herbert stieg auf die Bremse, sprang aus dem Auto und lief wutentbrannt auf den Bauern zu. Er fasste ihn am Kragen und riss ihn zu Boden.

„Wenn ich irgendetwas von dir in der Nähe meines Hauses sehe, dann Gnade dir Gott, ich bring dich um", zischte ihm Herbert voller Zorn direkt ins Gesicht und ballte gleichzeitig die Fäuste. Er ließ Karl am Boden liegen, stieg wieder in den Wagen und fuhr mit quietschenden Reifen davon.

Mein Gott, wie er diesen primitiven Trottel hasste. Diesen stinkenden, brutalen Idioten hatte er sowas von dicke. Am liebsten hätte er ihm seinen Bauernhof angezündet. Allein schon der ewige Gestank der Gülle brachte Herbert manchmal auf die Barrikaden. Und dann kam dieser doch immer wieder angekrochen, wenn es was Besonderes zu heben oder zu schieben gab. Da war dann Herberts ganze Manneskraft gefragt. Aber ansonsten durfte man nicht einmal eine halbfaule Mostbirne aus seinem Obstgarten nehmen. Dieser geizige Vollpfosten, der sollte ihn kennenlernen!

Die so lange aufgestauten Empfindungen kamen bei Herbert jetzt richtig hoch. Er hatte das Gefühl gleich zu zerplatzen und ließ einen grauenhaften Brüller in das Wageninnere los. Eigentlich wollte er nur seine Frau weghaben. Er hätte sich nie gedacht, dass dieser Schritt so schwer sein würde. Er hasste sich für seine Feigheit. Und in seinem Kopf spielte es plötzlich verrückt.

GSTANZL

Kimmst ma du in mei Gei,
Wirst bald söwa sche schaun.

Muasst de Haustüar fest zuasperrn
Und derfst koan Fremdn ned traun.

Holladiridio, Holladrio
Holladiridio, was sagst denn da!

Kapitel 24
Montag, 30. Juni, 09:00 Uhr

Zwei Tage lang wurden die Beweisstücke im Labor noch einmal detailliert Millimeter für Millimeter untersucht, auf jedes noch so kleine Körnchen wurde geachtet. Dann hatte man an der Holzstange doch einen DNA-Hinweis auf Herbert entdeckt. In einer Ritze der Holzstange war ein kleiner Hautfetzen gefunden worden.

Als das Labor bei Gerber anrief, war der gerade in nicht so guter Laune und brummte nur ein unverständliches „Ja, hallo!", in den Hörer.

„Wir haben was! DNA von einer anderen Person. Die Holzstange haben wir auseinandergeschnitten und darin fremde Spuren gefunden. Ich schicke euch die Daten rüber. Schauts euch gleich alle Verdächtigen an."

Gerber war plötzlich hellwach und saß kerzengerade im Sessel.

„Hallo?", hörte er durch den Hörer die Person am anderen Ende der Leitung fragen. „Ja alles klar, und danke", gab Gerber euphorisch zur Antwort. Endlich tat sich etwas. Er lehnte sich zufrieden zurück.

Gegen Mittag fuhr ein Polizeiwagen an Herberts Firma vor. Man legte ihm Handschellen an und brachte ihn zum Posten.

Gerber machte sich, mit einer Tasse Kaffee bewaffnet, in das Verhandlungszimmer auf, wo Herbert schon richtig geladen auf ihn wartete. Gerber setzte sich ruhig auf einen der Stühle. Herbert schrie ihn an: „Sagen Sie mal, was fällt Ihnen eigentlich ein. Sind Sie komplett verrückt, mich aus meiner Firma in Handschellen abführen zu lassen! Was ist denn das für ein Benehmen! Und dann noch im Polizeiwagen, damit jeder gleich sieht, was mit mir geschieht. Ich kann mich ja dort nicht mehr sehen lassen! Eine Frechheit! Ich will sofort meinen Anwalt sprechen!"

Herbert hatte dem Inspektor seine aufgestaute Wut entgegengeschrien und konnte sich gar nicht mehr beruhigen. Gerber sah ihm gelassen ins Gesicht, forderte Herbert auf, sich ebenfalls zu setzen, was dieser nur widerwillig tat, und machte schließlich den Deckel des Aktes „Mordfall Sprenglerhof" auf. Er nahm eines der Fotos heraus, auf dem man den Bauern, blutüberströmt am Boden liegend, erkennen konnte. Dieses Foto legte er vor Herbert auf den Tisch. Als der das Foto betrachtete, war er plötzlich still.

„So, Herr Dobler, jetzt können Sie mir von Anfang an alles ganz genau erzählen. Wir haben recherchiert und nun können wir Ihnen den Mord an Herrn Moosberger eindeutig nachweisen", begann Gerber das Verhör.

Herbert kämpfte mit sich selbst, sprang plötzlich wieder vom Sessel auf und schrie dann den Inspektor an.

„Was glauben Sie eigentlich, wer Sie sind! Ich habe damit nichts zu tun. Sie wollen nur einen Schuldigen haben, damit Sie vor der Öffentlichkeit gut dastehen. Die Presse schreibt ja schon, dass sie unfähig sind, den Fall zu lösen. Darauf lasse ich mich nicht ein. Ich will sofort mit meinem Anwalt sprechen."

Der im Raum befindliche Beamte ging zu Herbert und drückte ihn von hinten zurück in den Stuhl. Herbert zuckte gereizt mit seiner Schulter und betrachtete sein Gegenüber mit bösem Blick. Sein Herz raste, die Hände hatte er zu Fäusten geballt. Der Inspektor sah ihn wieder durchdringend an und legte schließlich das Beweisstück, den Holzpflock, auf den Tisch. Herbert sah das Stück Holz mit weit aufgerissenen Augen an. Er kannte es genau. Er hatte es ja selber aus der Erde gezogen und dort auch wieder hineingesteckt. Herbert sah schön langsam seine Felle davonschwimmen.

„Tja, Her Dobler, das ist die Tatwaffe – eindeutig nachgewiesen mit ihrer DNA! Erklären Sie mir das bitte. Und natürlich rufen wir dann sofort Ihren Anwalt an."

Bis der Anwalt kommt, würde es etwas dauern. Derweil begann Herbert sich schön langsam in Widersprüche zu verwickeln. Bis zuletzt dachte er, sich aus diesem Schlamassel herausreden zu können.

Zerknirscht und müde gab er zum Schluss, nach langem Verhör, die Tat zu.

„Ich habe das nicht gewollt, aber der Karl hat mich derart gereizt. Ich war mit meiner Freundin in einem Restaurant am Stadtrand gewesen. Nie habe ich damit gerechnet, dass ausgerechnet der Nachbar da auftaucht. Anscheinend hatte er sich dort mit seinem ledigen Sohn, dem Alois, getroffen. Bevor Karl mich sah, meinte ich, dass ich mich ziemlich unsichtbar gemacht hätte. Der Bauer hatte mich aber schon eine ganze Weile von seinem Tisch aus beobachtet", jammerte Herbert, der nun wie ein Häufchen Elend zusammengesunken in seinem Stuhl saß.

Als Karl Gewissheit hatte, dass es sich eindeutig um eine Liaison handelte, hatte er geduldig gewartet, bis sich Herbert von seiner Liebsten verabschiedete.

„Als ich zum Auto ging, war Karl plötzlich vor mir und grinste mich dumm an. Ich habe den starken Stallgeruch seiner Kleidung und den Alkohol aus seinem Mund gerochen. Wenn ich nicht möchte, dass er meiner Frau alles erzählt, dann müsse mir das schon was wert sein. Ständig habe ich ihm beim Arbeiten geholfen, diesem undankbaren Trottel. Er wollte mich erpressen. Er trägt doch selber die Schuld, dass es so weit gekommen ist, dieser Vollidiot", versuchte sich Herbert, völlig fertig, für sein Handeln zu rechtfertigen. Gerber hatte Herberts Gejammere jetzt satt. Er richtete sich in seinem Sessel auf und schlug gereizt mit der flachen Hand auf den Tisch.

„Mann! Herr Dobler. Jetzt hören Sie mal auf zu jammern. Was glauben Sie eigentlich, wer Sie sind. Sie betrügen Ihre Frau seit Jahren mit dieser Dame. Sie sind in der Nacht zum Bauern gegangen und haben ihm den Holzstock über den Schädel gezogen, und Sie waren derjenige, der es in Kauf genommen hat, dass ein Mensch schwerverletzt stundenlang mit dem Tode ringt. Sie haben in keiner Sekunde daran gedacht, dem Mann Hilfe zu gewähren. Egal, was er getan hat und welcher Mensch er ist. Das ist moralisch völlig verwerflich. Also hören Sie auf, ständig eine Entschuldigung für Ihre Tat zu suchen. Verdammt nochmal! Es reicht!"

Gerber sah Herbert dabei direkt ins Gesicht. Dann lehnte er sich wieder zurück und atmete einmal tief durch. Jetzt klopfte es an der Türe und Herberts Anwalt kam mit Schwung in den Raum. „Dr. Ortner, Rechtsvertreter von Herrn Dobler", stellte er sich kurz vor und zu Herbert gewandt „Sie sagen jetzt nichts mehr". Er nahm neben Herbert Platz. „Wenn sie von meinem Mandanten noch etwas brauchen, sprechen sie mit mir." Gerber nickte dem Anwalt zu und meinte. „Es tut mir leid, aber ihr Mandant hat soeben den Mord an seinem Nachbarn gestanden. Die Beweislage ist erdrückend, es besteht kein Zweifel an seiner Schuld." Der Anwalt sah Herbert fassungslos an. Dieser war mit jedem Satz, den Gerber ihm ins Gesicht geworfen hatte, in seinem Sessel kleiner geworden.

Schließlich sank er zusammen und ließ den Kopf hängen. Gerber fragte Herbert nun mit klarer Stimme „Wann reifte in Ihnen der Gedanke, den Bauern zu töten?"

Herbert blickte seinen Anwalt an. Er brauchte einige Minuten, um eine Antwort geben zu können.

„Ich wollte ihn doch nicht umbringen. Aber ich war so wütend und wollte ihm einen Denkzettel verpassen. Dann würde er wohl eine Erpressung vergessen, dachte ich. Als ich mit dem Auto bei der Waldlichtung vor dem Dorf zur Seite gefahren war, kam der Karl dahergefahren. Der hatte ja einiges getrunken und brauchte zwei Straßenbreiten. Nach einigen Sekunden bin ich ihm gefolgt. Karl fuhr in den Hof, ich habe mein Auto an der Straßenzufahrt geparkt. Nach ein paar Minuten bin ich von hinten in den Hof geschlichen und habe zur Sicherheit die Holzstange vom Zaun, die am Boden lag, mitgenommen. Ich habe den Karl nicht sofort gesehen, weil er ja im Stall bei der Kuh war. Ich bin dann bis zur Stalltür geschlichen und habe den Karl am Boden kniend vorgefunden. Und als ich ihn am Körper der brüllenden Kuh hantieren sah, ist mir die Idee gekommen, ihm eine über den Schädel zu ziehen. Dann sähe es aus, als hätte die Kuh ihm einen Tritt verpasst. Ich habe ihn nicht töten wollen, sondern ihm nur einen Dämpfer geben wollen. Und überhaupt ist das alles ja ein fataler Irrtum!!!!"

Mit verzweifelten Armbewegungen wollte sich Herbert mit dieser Aussage aus der Affäre ziehen.

„Beim Zurücklaufen habe ich den Holzpflock wieder in die Erde gesteckt und bin dabei gestolpert. Da habe ich mir dann meine Brille kaputtgemacht", fügte er zerknirscht dazu. Jetzt stiegen ihm auch Tränen in die Augen. Er war völlig fertig und wollte das ganze Desaster überhaupt nicht wahrhaben.

Gerber schloss den Aktendeckel „Mordsache Sprengler-hof" und warf dem anwesenden Beamten einen auffordernden Blick zu. Dieser fasste Herbert unter dem Arm und zog ihn hoch, um ihn in die Arrestzelle zu bringen. Herbert würde später ins Gefängnis in der Stadt überführt werden.

Gerber verabschiedete sich von Dr. Ortner, erhob sich mit Kopfschütteln und einer müden Bewegung seiner Hand und verließ das Verhörzimmer. „Immer dasselbe", sagte er zu sich, „schuld sind immer die anderen."

Trotzdem entwich ihm ein befreiender Seufzer, weil dieser Fall, Gott sei Dank, nun endlich abgeschlossen war.

GSTANZL

Magst in Nachbarn ned leidn,
Haust eahm oane auf sei bleds Gfries.

Es hautn um wiar an Ochsn,
Weil er angsoffn is.

Holladiridio, Holladrio
Holladiridio, was sagst denn da!

Kapitel 25
Dienstag, 10. August

Vor dem Verhandlungszimmer des Gerichtssaales der Bezirksstadt saß Elisabeth auf einer der Bänke, mit hängendem Kopf, zusammengesunken, wie ein Häufchen Elend. In ihrem dunklen Rock und dem weiten Pullover sah sie schrecklich aus. Sie konnte das ganze Schlamassel überhaupt nicht verstehen. Wieso war Herbert, ihr geliebter Mann, plötzlich ein Mörder. Wieso hatte er jetzt eine Freundin. So etwas müsste sie doch bemerkt haben. Täglich hatte sie ihn bekocht, hatte das Haus sauber gehalten, hatte gemeinsam mit ihm die wichtigsten Entscheidungen getroffen. Das kann doch nicht alles umsonst gewesen sein! Sie wollte es sich einfach nicht eingestehen, dass über die Jahre ihre Beziehung abgestumpft, dass jeder erotische Reiz schneller verflogen war, als sie realisiert hatte. Elisabeth hatte zu einer glücklichen Beziehung leider gar nichts beigetragen, sich ihm überhaupt nie interessant oder erotisch präsentiert. Woher sollte sie das aber auch wissen, sie war bis tief ins Innerste der Überzeugung, dass eine Liebe auf immer hält und niemand etwas dazu beitragen müsse. Das war doch auch bei ihren Eltern so gewesen. Die waren ewig zusammen, bis zu ihrem Tod. Elisabeth liefen Tränen über die Wangen. Sie sah alt aus und fühlte sich ausgebrannt und einsam.

Die Schlussverhandlung mit der Urteilsverkündung würde gleich beginnen. Eigentlich sollte sie auch im Gerichtssaal sein, aber das ging einfach über ihre Kräfte. Sie wollte Herbert nicht mehr sehen, nie wieder.

Inzwischen hatte sich am Gang vor dem Gerichtssaal schon eine kleine Gruppe von Schaulustigen eingefunden. Darunter waren auch ihre sogenannten Freundinnen. Von oben herab wurde sie beäugt, dann steckten sie die Köpfe zusammen und tuschelten. Elisabeth schämte sich entsetzlich. Sie fühlte sich, als wäre sie die Angeklagte und nicht ihr Mann. Die ganze Welt würde sie als Frau eines Mörders brandmarken.

Als nach geraumer Zeit die Tür zum Gerichtssaal aufging und Suzanna, die Geliebte ihres Mannes im adretten, sonnengelben Kostümchen und gleichfarbigen High-Heels herauskam, sah Elisabeth sie nur noch durch einen Schleier vor den Augen, dann wurde finstere Nacht um sie. Erst eine Stunde später erwachte Elisabeth auf einer Couch im Zimmer eines Richters, der den örtlichen Arzt gerufen hatte. Sie hörte ihn gerade zu einer anderen Person sagen:

„Tja, das wird kein leichtes Leben für sie werden." Nach einigen Minuten war Elisabeth im Kopf wieder so weit, dass sie sich erheben, selbständig den Mantel anziehen und das Zimmer verlassen konnte. Sie fühlte sich alt. Mit zittrigen Fingern hielt sie ihre Handtasche und stieg langsam die Stufen des Gerichtsgebäudes hinunter. Vor der Tür empfing sie ein kalter Luftzug, der ein Frösteln über ihren Körper zog.

Die Gerichtsverhandlung war längst vorbei, die Korridore des Gerichtes zeigten sich menschenleer. Man hatte ihr ein Taxi gerufen, mit dem sie direkt nach Hause fuhr.

Dort öffnete sie die Haustür, legte den Schlüssel wie gewohnt auf das Telefontischchen, zog die Schuhe aus und ging durch das Wohnzimmer in den Garten. Elisabeth tat alles, ohne zu wissen, dass es geschah. Ihr Kopf fühlte sich an wie ein Kürbis, er wollte gleich platzen. Gedankenverloren pflückte sie eine sonnengelbe Arnikablume, die entlang des Gartenweges blühten, hielt sie zwischen den zittrigen Fingern, drehte sie hin und her. Sie konnte die Schönheit der Blütenblätter durch ihre tränenverschwommenen Augen nicht erkennen. Sie zupfte an den Blättern herum, warf die einzelnen Blütenteile achtlos auf den Boden, ohne zu wissen, warum sie das tat. Sie war mit ihren Gedanken bei dieser anderen Frau. Warum bloß hatte sie es nicht bemerkt. Die Veränderungen ihres Mannes, seine oftmaligen Abwesenheiten, seine Gereiztheit, die fremden Gerüche. Erst jetzt fiel ihr ein, dass seine Kleidung am Unglücksabend diesen widerlichen Stallgeruch hatte. Der Geruch, den sie so oft an ihm festgestellt hatte, wenn er ihr sagte, er hätte dem Bauern geholfen. Dieser Geruch nach Urin und Kot, nach Heu und Wiesenblumen, der eigentlich täglich ihr Leben begleitete. Alles fühlte sich so normal an, wie immer, ohne irgendein Zeichen, dachte sie. Elisabeth hatte einfach jeden warnenden Hinweis mit ihrer bedingungslosen Zuneigung zu ihrem Mann ignoriert.

Sie setzte sich auf die oberste Stufe der Terrasse und blickte in den azurblauen Himmel. Am Unterarm hatte sie einen kleinen Schorf von einem Dornenkratzer. Elisabeth kratzte unbewusst daran, kratzte so lange, bis der Schorf weg war und das Blut aus einer noch nicht verheilten Wundstelle rann. Sie kratzte noch immer, auch als sich schon dunkelrote Streifen bildeten und kleine Blutstropfen auf den Stein fielen. Sie brauchte diesen Schmerz als Gegenpol zu dem Schmerz in ihrem Inneren. Alles tat ihr weh, die Seele, ihr Körper. Wie sollte sie jemals diese fürchterliche Schmach und den schrecklichen Moment der Niederlage in ihrer Ehe verkraften.

Herbert wurde zu acht Jahren Haft verurteilt. Sein Anwalt hatte auf Totschlag plädiert, was vom Richter schließlich so angenommen worden war.

Elisabeth hatte nach einigen Wochen beschlossen, das Haus zu verkaufen und in eine andere Umgebung zu ziehen. Ihren Mann hatte sie nicht ein einziges Mal im Gefängnis besucht. Sie brachte es nicht fertig, ihm nochmals in die Augen zu sehen. Ihre Gefühle für ihn waren entwurzelt und für immer abgestorben.

Die langjährige Damenrunde betrachtete Elisabeth nicht länger als eine Freundin, die Nachbarn kannten sie sowieso alle nicht mehr. Wer würde schon gerne mit der Frau eines Mörders gemeinsam gesehen werden. Ein Neuanfang würde in ihrem Alter für sie sicher nicht einfach sein.

Elisabeth konnte es überhaupt nicht verstehen, warum ihr Mann plötzlich ihr Leben und ihre Liebe nicht mehr gewollt hatte. Sie war völlig überzeugt, Herbert allein hatte das alles erfolgreich zerstört.

GSTANZL

Geht da d'Liab mal valorn
Und du merkst nix davau.

Is's des gscheida, du gehst
Und suachst da an neichn Mann.

Holladiridio, Holladrio
Holladiridio, was sagst denn da!

Kapitel 26
Mittwoch, 11. August –
Nach der Urteilsverkündung

Der Sommer hatte das Land fest im Griff. Die Hitze machte das Leben der Menschen träge und die Lust auf kühle Orte oder auch schattige Plätze war bei allen Bewohnern groß. Gerber saß schwitzend in seinem Büro. Der Ventilator lief auf Hochtouren. Er machte gerade den Mordakt Sprenglerhof zur Abgabe ins Archiv fertig. Es erfüllte ihn mit Stolz, dass dieser nicht so einfache Fall von ihm und seinem Team gelöst worden war. Sein ehemaliger Kollege Norbert hatte ihm vor einer halben Stunde bereits seine telefonischen Glückwünsche übermittelt.

„Gerber, du alter Fuchs. Da hast du dein Gespür aus deiner „Kriminaler-Zeit" wieder hervorgekramt. Freut mich für dich, alter Kumpel!"

Gerber konnte sich ein breites Grinsen nicht verkneifen. Auch die lokalen Zeitungen waren voll mit positiven Berichten und Fotos aus dem Gerichtssaal, einigen Besuchern, dem Verurteilten mit einer Zeitung vor dem Gesicht, auf dem Weg zum Gefangenenwagen. Gerber hatte sich rasch aus dem Umfeld des Gerichtes entfernt. Er brauchte und wollte diese Publicity nicht. Er öffnete das Fenster seines Büros, um frische Luft zu schnappen, auch wenn diese am späten Nachmittag noch ziemlich schwül war. Jörg hatte inzwischen Gerbers Tatkonstruktionswand wieder gesäubert, alle Fotos entfernt und mit weißer Farbe die Mauer frisch gestrichen. Toller Kollege!

In einem eigenartigen Anfall von Gefühl rief er seine Assistentin Rosa zu sich. Rosa kam ins Büro und blieb stehen. „Ja Chef?", fragte sie erwartungsvoll.

Gerber drehte sich zu ihr um und lächelte. „Rosa, komm mach dich fertig! Ich lade dich zum Abendessen ein."
Rosa riss erstaunt die Augen auf.

„Ja Chef, gerne", gab sie ihm aufgeregt zu verstehen, lief aus seinem Büro, holte sich ihre Jacke und die Umhängetasche und ging zum Ausgang, wo Gerber schon in Richtung Kirchenwirt schlenderte. Ihre Freude und Aufregung waren groß, ihre schmalen Lippen zeigten ein breites, glückliches Lächeln.

Glossar:

Ochsenzähm	Eine Schlagwaffe, die aus einem getrockneten Ochsenpenis hergestellt wurde
Sacherl	Ein kleines Bauernhaus, eine Kate
Kramer	Kleines Lebensmittelgeschäft
Eitzerl/Futzerl	Ein kleines Stückchen
Schank	Theke
Gstanzln	Gstanzln (im bayrischen auch Schnaderhüpfl genannt) bilden eine eigenständige Liedgattung mit bestimmten Melodien zumeist als Vierzeiler: Vier Kurzzeilen (2 Reimpaare) oder zwei Langzeilen (1 Reimpaar). Die Texte sind im Dialekt verfasst und umfassen aktuelle Anlässe oder auch witzige Details.

Quellennachweis: Fetotomie
Wikipedia, Dr. Fredi Pranz, Veterinär

Alle handelnden Personen und Orte erzählen von einem fiktiven Ort im Innviertel, sind aber frei erfunden und haben keine Ähnlichkeiten mit lebenden oder verstorbenen Personen beziehungsweise Orten.